独立日

The Road
To The Independence

年轻的日子会发光

S 少数人
的生活

飒之书

生而自由：生活在北京的外国人

桑德拉 著

生活·讀書·新知 三联书店 生活書店 出版有限公司

图书在版编目（CIP）数据

风之书·生而自由：生活在北京的外国人／桑德拉著.—北京：生活书店出版有限公司，2019.1
ISBN 978-7-80768-253-0

Ⅰ.①风… Ⅱ.①桑… Ⅲ.①访问记－作品集－中国－当代 Ⅳ.①I253

中国版本图书馆CIP数据核字(2018)第141610号

策 划 人　邝　芮
责任编辑　邝　芮　李方晴
装帧设计　罗　洪
责任印制　常宁强
出版发行　生活書店出版有限公司
（北京市东城区美术馆东街22号）
邮　　编　100010
经　　销　新华书店
印　　刷　北京顶佳世纪印刷有限公司
版　　次　2019年1月北京第1版
2019年1月北京第1次印刷
开　　本　787毫米×1092毫米　1/32　印张9.75
字　　数　155千字　图59幅
印　　数　0,001—6,000册
定　　价　42.00元
（印装查询：010-64052066；邮购查询：010-84010542）

目 录

Alëna Olasyuk

阿莲娜

禁欲系乌克兰女艺术家

阿，莲，娜。

双唇微张，舌尖向上，触碰上颚两次。任何人口中的她都是美丽的，美丽中带着狡黠；任何人眼中的她都是艺术的，艺术中透着执着。

“你能想象吗？”阿莲娜笑着，抬手比画着自己的脸。

受喜爱中国文化的父亲的影响，十年前的冬季，阿莲娜·奥拉绣克从乌克兰来到中国旅游，空气污染让她皮肤过敏，脸肿得不成样子。

“回国之后我以为我永远不会再来中国了。”阿莲娜将两杯俄罗斯红茶端上桌。

“但三年后我还是来了。”这是阿莲娜的选择。

海，繁星，露营的帐篷。她将自己锁进房间，画情流泻于纸上，幻化出了日本海。阿莲娜清晰地记得她第一次作画时的情景，那时她五岁，刚随家人从日本旅行归家。

“我也不知道发生了什么，就是画，（不停地）画着。”她的眼中放光，她的话语将我带回二十多年前的时光。这样的日子，是蓝色的海面上漂过的渡船，是起伏的绿色海岸，是阿莲娜手中描绘出的迷宫。

“我就是这样的结合体。”阿莲娜摆弄着手中的白色水笔，桌角放着一瓶一得阁墨汁。

“我母亲喜欢弹钢琴，热爱艺术；父亲曾是军队飞行员，喜欢画画。”阿莲娜手中的笔曾是工程师母亲用过的，阿莲娜血液中流淌着父亲对画画的喜爱之情。

七年前来到北京，阿莲娜学习了一年中文后，进入北京服装学院学习时尚传媒，但未放弃绘画创作。阿莲娜的画曾是可爱的风格，她对最初的尝试《时光之形》并不满意：“画出的画面太美，太女性化。”

阿莲娜继续日复一日地画着，渐渐形成了她此时的画风：点、线、面与墨的组合。阿莲娜不画草稿，画纸上各种元素自成形状，她捕捉元素间的联结与瞬时的灵感，加以细致入微的构图，显示着无意识在思虑间的流动。

崇尚简单

阿莲娜曾花四个多月时间画了一幅130厘米×130厘米的作品，画到两个月时，画纸的另一半仍是空白一片。

“天哪，还有两个月的时间。”阿莲娜睁大眼睛说道。

“那你会不会失去耐心？”我啜一口俄罗斯红茶。

“做自己喜欢做的事情，不会。”阿莲娜笑了笑。

是啊，面对自己的心上人，不会失去耐心；做自己喜

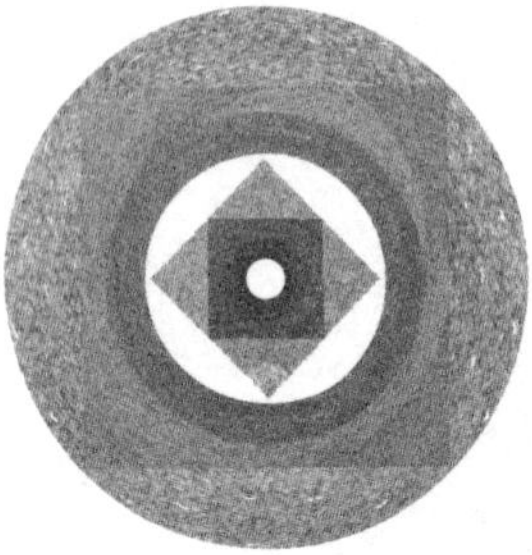

欢的事情，也不会失去耐心。

“为什么你的画都是非黑即白？”我看着她身后的大幅画作，圈圈圆圆点点线线，黑白交错纵横，阿莲娜的画作触及复杂与素朴、混沌与秩序、短暂性与无限性。

“儿时，父亲就经常用铅笔和墨水作画，创作黑白作品让我安心。来中国后爱上了水墨画，简单又意境深远，”阿莲娜补充道，“我了解自己，我喜欢简单的事物。”

阿莲娜追求的是简单，抛却繁芜。

艺术与生活

阿莲娜一毕业就决定做一个艺术家，自由地生活。她家境并不富裕，阿莲娜在大学期间做了许多模特拍摄工作，但她认为那完全是浪费时间。

“并不是我对模特这个职业有偏见，我也可以像其他人一样搔首弄姿，卖弄身体。”阿莲娜耸了耸肩。

我印象中的外景模特，或着华服光鲜亮丽，或穿着暴露，在商场推销产品，无论走到哪里，都会被人围观、拍照。他们不费多大力气就能日赚千元，周末的酒吧夜店也是他们消耗青春的地方。

“我只是厌恶对于自我和阅历没有提升的工作。艺术家绝对不是个简单的工作。”阿莲娜说，“而我也无法忍受朝九晚五的办公室工作。”

不止阿莲娜，几乎没有一位艺术家可以忍受每日伏案做程式化的工作。艺术不是生活的全部，生活也没那么风和日丽。写出《白牙》的美国现实主义作家杰克·伦敦年轻时为维持生计做过海盗，暴风、严寒等苦役般的锻炼不仅让他成长，也为他的创作提供了丰富的素材——《海狼》中描写的猎海豹船上的丰富生活，便是他生活积淀的反映。

为艺术而生

现在，阿莲娜的本职工作是在留学机构做艺术方向的留学指导。上午11点前她在家作画，11点后去公司上班。

“不会闷吗？”我问道。突然想起我的画家朋友海巍，他曾白天在公司做产品设计，夜晚创作。坚持几个月后，他在2017年到来之际辞去工作，独自远游。当他发来远方的照片时，他表明了自己的态度：画家应该是自由的，他将创立自己的工作室，做自己喜欢的事情。

“因为现在从事的‘本职工作’也是与艺术相关的，所以不觉得。”她说。

“这样边创作边上班，公司不会介意吗？”

“不会。他们希望找我这样的员工。还有比艺术家更了解艺术的人吗？”阿莲娜抿嘴，眼含笑意。

“有没有觉得自己生来就是艺术家？”我抬眼看她。

阿莲娜看着我，镜片后的双眼聚焦了我的注意力：“我曾经很抗拒。我尝试过许多其他的事情，但最后我无法不正视，我就是为艺术而生。”

DYWWA

生为艺术家的阿莲娜，创立了自己的品牌DYWWA（Do you want to wear an artwork?你想穿一件艺术品吗？）。最初的灵感来自其独特肌理的画作、木板刻画与T恤的碰撞。DYWWA超出了普通衣物的概念，它作为独特的艺术品，可做壁挂装饰，也可遮身蔽体，以最少的干预展现无限的艺术可能性。

最初，阿莲娜邀请人们带着衣服来找她，她用预先刻制好的木板印制图案，风干、签名、编号、包装。但她并不在意谁会穿她的作品：“我只作为一个艺术家做好自己的本职，以不同的途径表达自己的艺术观点。有人穿着它们，有人观赏，这就是公共艺术互动发生的方式。”

DYWWA
do you want to wear an artwork?

阿莲娜为DYWWA制作的宣传照片、视频与她的画作一样，采用黑白色调。阿莲娜亲自上阵，在镜头前与模特们轻扯衣角，裸露坦腹，扭动腰肢，低垂眉眼。但与晦涩而精致、寻求内心平衡的画作完全不同的是，照片和视频透出一种别样的放肆与性感。

疏离感

没人知道房间里面发生了什么。

阿莲娜会刻意远离人群，将自己反锁在房间里伏案作画。她整日待在自己的冥想室，谁都不可以进去。而这样与画为伴的阿莲娜并不孤独，她也没有时间去感受孤独。提笔即是一条条线、一个个圈、一笔笔墨。阿莲娜也会恰到好处地回到人群，嬉戏玩闹。这样的远离、这样的退却，是为了自我的修复。当一个人真正意识到自身的存在时，才会在冬宵或春朝避世深藏。

创作完成前，阿莲娜不会让任何人看她的画。起初她对自己的画并没有太大信心，拿给他人看，即使是最亲近的人，也难免指手画脚，妄加评论。但现在，她已有足够的自信将作品向别人展示。

“作品完成之后，就不是我的了。我们之间的关系断得干干净净。”阿莲娜会非常客观地看待、评判自己的画。

“很多艺术家会将自己的作品看作自己的孩子，而我不会。”阿莲娜看着我说，“一开始，我们之间会有强烈的情感联结，但（作品完成）之后，我们毫无瓜葛。”

这样的断念，或许是与过去告别、获得自由的最好方式。

十年前，阿莲娜第一次来中国时，还没有“雾霾”的概念；而今，阿莲娜已经习惯了这样的环境，她的脸也不再过敏了。她不知道自己要在北京待多久，只是继续专注于创作，因为她相信，一切都会水到渠成。

“昨天跟一位画廊的朋友碰了面，我的画将在更多地方展出。”阿莲娜淡然地笑了笑，“若不尝试，你永远不知道会发生什么。”

Michael John Moher

麦克

请避免触摸、拥抱、亲吻

“我最喜欢北京空气的味道，”麦克笑着摸摸耳朵，咖啡馆灯光的照射下，他的睫毛投下长长的影子，“也不用撒胡椒。”

“你最不喜欢北京哪一点？”

“给我一秒钟的时间。”麦克闭上眼睛。三秒过后，他睁开双眼，“来北京后买了三辆单车都不翼而飞。去王府井见朋友，把自行车停放在街边，回来时就不见了。”麦克左手拿着放在桌上的一串钥匙，臂膀肌肉在咖啡馆橘色光线的勾勒下，有如山峦。

麦克曾在中国台湾地区和斯洛伐克当英文外教，然后来到北京，现在在一家国际教育机构从事青少年夏令营策划工作。麦克用“拼图游戏”来形容自己目前的工作，每一天都创意迸发，像是设计密室逃脱游戏。他希望未来有一天在北京成立自己的公司。

麦克常在鼓楼一带的酒吧听乐队现场演出，尤爱呼麦。麦克最喜欢美国科幻作家尼尔·斯蒂芬森的《雪崩》。读大学时，他曾跟朋友一起写小说。每个人写一章，冒险小说，有兴趣、有灵感了才去写。

对麦克来说，生活是一次大冒险，他乐于体验不同的文化，认识不同的人，尝试不同的挑战。麦克脸上常挂着笑容。生活中有些东西是令人激动、令人满怀希望的；而他最希望自己能做的是，让身边每一个人的生活变得更疯狂些。

牵绊

麦克交过一个中国女友。一年后，女友要移民新西兰，而麦克要留在北京，于是两人和平分手。他不想用感情绑架他爱的女人。

“你要给她自由，让她去做她想做的事情，尤其是当你并不在她的计划中，而你本身也没有做好准备时。”

我们都知道，既然无法迎娶这片天空，那就让暴雨浇淋；我们都明白，既然你我都只是这个城市的过客，那就让在一起的每一刻烧灼记忆。

“现在呢？”

“很好，我们仍是朋友。”麦克看着我，随即问道，“你有没有爱过一个将要离开的人？”

我张口要回答，思绪却飞了起来。有些问题，不一定会有答案。

黑暗中的舞者

“去夜店或酒吧跳舞，你的注意力都在如何让身边的姑娘注意到自己。”麦克说，“有些人喝多了耍酒疯，夜店潮闷拥挤，没法跳舞。”

麦克喜爱那个名为“黑暗中自由舞动一小时”的活动。此项活动是2009年由几名跳舞的学生在澳大利亚墨尔本发起的，他们渴望为参加活动的每个人，以及他们想要的舞动方式创造一个包容的环境。在这里，没有教练，没有人会给你贴标签。

在麦克的一再怂恿下，我随他参与了一次“黑暗中自由舞动一小时”活动。

灯灭，音乐响起。我有些不知所措，看着麦克，看着身边的人慢慢晃动身体，随音乐舒展筋骨，将身体交由音乐、想象。灯暗着嘛，我为什么要在乎呢？为何担心舞步凌乱？为何担心身躯僵硬？为何担心身材不够美好？灯灭，一切存在即合理；灯灭，你所要做的就是体味旋律，自由调动身躯，跳出情绪。于是，我也开始活动腿脚，扭动腰肢，伸展胳膊。下蹲，俯身，后仰，侧弯。我的头发在甩，我的心脏怦怦直跳，我的汗从额头滴下。

黑色在身边流动。我能感受到身边的舞者滑动舞步撩起的风，舞者用肢体舞动感受着自己与这个世界的联系。黑暗中的舞蹈，避免了舞者之间的触摸、拥抱、亲吻。这是完全属于你自己的舞蹈，每一支舞都是独一无二的，甚至不会再跳第二次。

阿拉贝斯、阿提秋、伊卡特（舞姿），伸展、跳跃、旋转……这样的舞，这样的伸展，这样的回旋，只在当时当地发生。在黑暗中舞蹈，每个人都在安全舒适的氛围中释放。白天发生的一切，在此刻都可以被忽略，或是以舞蹈的形式发泄出来。舞蹈是人类最古老的艺术形式之一，人们通过肢体语言交流思想和感情：狂爱、决绝、悲戚……

“重要的是，在人群中独自舞蹈。而我的作用就是，让每个人丢掉羞涩，让每个人能量满满。”麦克假装自己是一位舞台剧演员，可以在剧情中肆意妄为，自由自在。

“最后一支曲子——”活动组织者凯茜说。

不知不觉，一小时过去了。跳舞的过程中，我什么都没有想，什么都可以不用想。没有想那些恼人的事情，没有想任何男人、女人、家事、工作、梦想。我就是单纯地跳着，舞着。一切都像回到最初，归于平静。

灯亮，我们才看清彼此的脸。原来那个穿白色背心、黑色七分裤，跳得忘我的是位短发姑娘；原来那个原地旋转、扎马尾辫的是个细瘦的苏格兰男人。不论舞者怎么变换位置，我始终能认出穿着黑色T恤、灰色运动裤的麦克。

即刻，困倦的舞者散去。出门的那一瞬间，风吹透了汗涔涔的身体。

Ian Chase McMath

伊恩

爱上一匹“烈马”

“嘿，你从来没有回复我的信息。我晚上6点钟给你打过去，可以吗？”伊恩将手机放在桌上，呵呵笑着。

伊恩看上去要比实际年龄大些，今年二十四岁，身材高大，穿件粉色条纹衬衫，扎着小辫子。我从未在白天来过The Local酒吧，酒吧的露台由塑料布包裹着，一个戴着黑色鸭舌帽的白人男子坐在桌前大快朵颐。

“要跟我合作的一个导演在为ICBC（中国工商银行）拍广告，太难联系了。最近我刚刚换了一个新手机。”伊恩目前在经营自己的工作室，与乐队拍了一个关于摇滚音乐文化的短片集。

十分钟后，伊恩要赶赴片场拍摄某威士忌品牌的宣传片，他抱起头盔，穿上羊羔绒夹克，笑着问我：“你要不要来看看我的摩托车？”

我眼睛一亮，将围巾和背包留在餐馆，随他出门。掀开盖在露台上的防风保暖的塑料布，能感觉到上面沾着一层湿漉漉的雾气。黑色与银灰色漆就的摩托车，车体庞大。后座两旁挂着两个墨绿色的大帆布包，一侧装着伊恩的拍摄器具，一侧放着他的个人日常用品，一顶白色与粉色相间的头盔露出半个脑袋。

还没等我问，伊恩笑着说：“这是我女朋友的头盔。”

我点点头。

“骑四十五分钟，仍然是在北京。”他冲我眨眨眼，“在北京，这是最方便的交通工具。”

伊恩跨上摩托车，戴上头盔，呼出的热气蒙住了头盔面罩。发动引擎，摩托车一下飞了出去，伊恩像骑着一匹黑色高头烈马，在城市水泥花园中穿梭。

自由

伊恩十三岁时曾去法国拜访他最好的朋友，在巴黎待了六个月，享受着青葱时光应有的潇洒。伊恩几乎游遍了所有欧洲国家、东欧国家、加勒比海一带的国家，还有玻利维亚、越南；现在，是中国。

我一直认为，凡热爱旅行的人，也必然喜欢摄影。这点，对伊恩亦适用。但他却认为自己笨手笨脚。

“摄影师去哪里都会带着自己的相机，我曾经想做一名摄影师，但我总是摔坏相机。现在，我觉得电影制作人比较适合我：统筹各方资源，现场调度。”伊恩没有上过专业电影制作课程，全靠自学，大量阅读、阅片，并参与到各种拍摄中，兴趣是他最大的动力。

伊恩喜欢外出、与人交流，不能忍受在办公桌前坐着。唯一能让他老老实实坐在桌前的事就是剪片子。辞职前，伊恩就职于一家美国留学机构，像小白领一样整日在办公室坐着。在全公司一百名员工中，只有两个外国人，伊恩是其中之一。因为他了解美国教育体系，所以工作效率高，一天的工作量比得上其他人四天的工作量。

伊恩初来北京时，在一所国际幼儿园工作，工作内容简单，薪资低，他做得也并不愉快。

“中国人喜欢外国人，尤其是美国人，所以，我很容易就能获得一份工作。”他说。

“为什么？”

“美国是世界超级大国，科技上领先。”伊恩说道。

伊恩的一个姐姐在美国，一个姐姐在玻利维亚。伊恩还年轻，年轻的时候就要仗剑去国，辞亲远游。跋山涉水，去想去的地方，不管徒步还是骑着哈雷；攀任一座高峰，跨任一条溪涧。

NZT 乐队

红色印花衬衫，蓝色牛仔裤。伊恩站在舞台前帮正在演出的乐队录视频。台上，戴着灰色礼帽、穿着蓝色格子衬衫、头绑蓝色发带的白人男子抱着吉他弹唱。舞池中央的人群渐满，“热力猫”俱乐部的红色灯光照着因频繁外

TERRACE
SMOKING AREA

出夜生活而疲惫的面庞，而他们的眼睛却放着光亮。舞池边的沙发上三三两两地坐着结伴前来的年轻人，空位上则堆满了厚厚的大衣、各色围巾和背包。沙发后被涂成彩虹色的暖气片，与白色墙壁相映成趣。

伊恩拿着相机走到舞池一旁的书架前，将相机装进背包。我起身走了过去，轻轻拍了下他的背。他转过头来，展开笑颜："嘿！"

"你什么时候上场？"我问道。

"很快。演出开始前要先播放一部我们拍摄的短片集预告片。"伊恩脖颈戴着一条细细的带子，他宽厚的肩膀与细瘦的复古带子对比强烈。

短片集*Subtrainian*(《地下人》) 将于今年四月份上线，是由伊恩与在北京玩音乐二十余年的澳大利亚音乐人贾斯汀·理查森（Justin Richardson）一起拍摄的。片子反映了北京摇滚音乐文化及音乐人的生活，乐队成员均参与了出演。

由于之前乐队贝斯手的离开，伊恩加入了现在的NZT乐队。NZT乐队由贾斯汀·理查森创立，名字源于布莱德利·库珀主演的电影《永无止境》，影片讲述的是一位穷困潦倒、生活绝望的作家艾迪·莫萨尝试了一款实验中的新药NZT，这款药激发了他的脑细胞，使他成了天才。

演出前，伊恩与贾斯汀一起收拾舞台上的设备。不时有伊恩的朋友前来问候，他均一一拥抱。伊恩只演奏自己写的歌，他也从未找专业老师学习吉他。他来北京前在美国研习政治，虽然与他的气质不符，但他觉得学了倒挺有用。

伊恩起初想做一名国际律师，我立即想起自己做并购重组和首次公开募股时结识的律师朋友们，他们收入颇丰。“做国际律师很赚钱。”我说。

“我不关心能不能赚钱。”伊恩笑着说，“尤其是当我还很年轻的时候。”

舞池中央聚满了随音乐摇摆的人，我坐在沙发上，抬头看到一个穿白色衬衫、藏蓝色牛仔裤的光头外国人，裤子后面的口袋里塞了一瓶科罗娜啤酒。他脚蹬一双棕色牛津皮鞋，静静地看着台上的演出。我正看着他反射着红色灯光的脑袋出神，一个穿着黑色及膝吊带裙的中国女人不知从哪里冒了出来，一头扎进他的怀中。女人穿一双黑色高跟踝靴，裙下配一双灰色及膝毛线长袜，白色条纹隐约从吊带裙边露出。

台上播放着预告片，摇晃的镜头、狂放的笑容、冷暖交替的色调，这是他们的生活日常，音乐日常。此刻，伊恩把绑头发的绳子解下，甩了甩头，头发铺散开来。他与贾斯汀在台上私语，向今晚“热力猫”俱乐部所有到来的朋友致谢。全场的目光聚焦在白幕放映的片子上。片子结束，伊恩手握吉他，从舞台前方一跃上台，与剃着公鸡头的贾斯汀开始演出。

伊恩衬衫上的印花像火苗在肩头和臂膀上燃起。我们处在暗中，灯光下的舞台像是装满了奇迹的盒子。伊恩喷洒的杜嘉班纳“The One”男士香水，合着曲子，开始在他的指尖，在琴弦，在木质舞台，在金属话筒上弥散，继而蜿蜒着上了扶梯，充满了整个灯红酒绿的无风无星的夜。

渐渐地，我周身黑了下来。我环顾着俱乐部中的其他所有人：台上的、沙发上的、舞池中的、吧台前的，他们笑啊、谈啊、吼叫啊、扭动啊、拉扯啊……

突然，舞台暗了，舞池暗了，沙发暗了，我周身亮了。我瞥见沙发上的一张演出单，上面记录着NZT乐队近一周的演出安排。今天，此时，伊恩演奏着第一首曲子*Flashback*（《闪回》）。眼前的景致慢慢模糊，脑波共振将音乐扩散到整个大脑皮层，我四肢瘫软，身体陷入沙发，被海绵包围，一双手握住我的腰，我随之下落。

多么美妙的夜晚。

Cesar Casellas Martinez

恺撒

恺撒和他的胡同王国

车子驶过东四地铁站又折回。步行至地铁站，恺撒与何三诺、石霓那和圣地亚哥已在东四地铁站前的座椅上等待。天朗气清，春光正好。寒暄一番，在恺撒的带领下，我们沿街进入胡同。

恺撒不是说出“我来，我见，我征服”的罗马共和国末期的军事家、政治家恺撒大帝，恺撒是戴着黑框眼镜、穿着红色冲锋衣、蹬着运动鞋的西班牙摄影师。这个男人，恺撒，每逢周末、节假日，不论晴雨，总是带着外国友人游湖同，或步行，或骑单车，或驾三轮摩托车。这两个恺撒倒是有一点相同：他们个子都不高。

“最近忙吗？”太阳照得我睁不开眼。

“瞎忙活，最近在办签证。”恺撒抬头看着我。和上一次见他相比，他黑发中的白发多了些。

“我也是，最近要续签。”何三诺又卷了一根烟，他的手指骨节发白。何三诺与恺撒来自西班牙，通过2013年一场“神奇的考试”——央视西班牙语考试相识。那次考试不需任何资质，面向社会，考试内容包括翻译（英翻西）及播音。

三里屯、鼓楼、五道口是外国人在北京的聚集地。恺撒和何三诺不喜欢三里屯的气氛，多在鼓楼附近活动。

胡同王

跟着中国导游逛北京城不足为奇，随着恺撒游胡同才稀罕。我跟恺撒并肩走着，听着清脆的脚步声，突然后悔自己穿了一双牛津鞋——并不适合春日远足出游。

进入东四的礼士胡同，先后经过了推拉门半开着的小卖部、货架上摆满彩虹色蔬果的小超市、侵袭味蕾的猪脚饭餐馆、谢绝参观的六十四号大院，还有拿着木剑在朱红色门前的石像与墙角间玩耍的爷孙俩。

触摸着带有温度的砖墙，漫步在僻静的胡同里，乘着一缕阳光，在发出绿芽的树梢寻找春意。生活在这座城市，每日经历交通拥堵，每日在繁忙的都市空间奔波，不曾停下来看一看、听一听。当我们日夜坐在办公桌前敲打键盘、写方案，抑或百无聊赖地开会时，时光在赶，我们在衰老。草木枯后逢春，人死而归土。

“北京没有雾霾的时候还是挺美的。”恺撒抬头看了看天，“来到中国后，我才听说一些中国人不愿住在中国，想要移民海外。”

室外温度十九摄氏度，立春之后，这或许是最暖的一天了。

何三诺双手揣着口袋，问道："为什么他们想要离开？除了雾霾的原因。"

"交通拥堵？"话一出口，连我自己都觉得没有底气了。

"大城市都交通拥堵。"恺撒说。

"中国有句话叫'外国的月亮比较圆'，人们总是对未知的远方更有探究和了解的欲望。"我补充道。

在和恺撒的交流中，你会惊叹于恺撒对胡同的熟识。

"你在胡同里住了多少年？"

恺撒会心一笑，扶一下眼镜："没多久。走得多了就熟了。"

2016年1月到10月，恺撒住在南锣鼓巷，几乎熟识了那一带的每一条街道。自打运营起自己的胡同一日游，几乎每个周末他都会组织徒步游、三轮车游及单车游。恺撒带你游湖同，你永远不必担心拍出的照片在聚焦、构图和色彩上出问题。恺撒拍出的每一张照片都可以被印刷成明信片。

灯草胡同里坐在门前摆弄着缠绕在一起的彩色毛线，听着红色收音机的老爷爷；演乐胡同灰色墙面上的泄雨出口；东花厅胡同里晾在绳子上的印着牡丹图案的大花被子，堆在院落一角的泛黄的藤椅和婴儿手推车；内务部街的褡裢火烧店……这里没有笼罩在雾霾下的楼宇大厦，仰首即见白云蔽日，低眉便寻寸草夹生。

行至银河SOHO，过天桥后直行，拐进一条窄街，墙边围聚着一群下象棋的老汉，他们操着一口京腔品评着棋趣。经过一栋破旧的矮楼，迎面看到楼外墙上挂着一排小黑板，每块黑板上写满了字。左手边的储藏室外墙根有一排鲜艳的花，近看才发现是塑料花。塑料花上方挂着一块小黑板，上面写着："好心倒尿，全当肥料；此法不妥，烧死葡萄；提醒大家，不要再倒；共同维护，小院风貌。"

日坛公园的喷泉旁站着一对外国夫妇，黄头发小孩儿爬上假山；身着运动装、身材高大的黑人从我们身边跑过。一行人上了船，船上的咖啡馆紧闭着门，几张桌子摆在甲板上。我们坐成一排，何三诺卷了根烟递给石霓那，圣地亚哥拿着相机在船边拍着远处的景致，恺撒转身看着春游的人群。

一整天的时间，不是在租来的公寓中猫着看电影、吃零食、发呆，也不是把每个周末过成程式化的模样。结伴出游，抚摸朱红色高门上的金黄色铆钉，凝视窗框上的尘埃，远眺升起的朝霞，近观市井常态。远离城市的喧嚣，才能更深、更静地思考：我为什么在这里，我要在这里待多久，我想要得到什么，我愿意失去什么，我想要去哪里……

胡同深似海；从胡同里出来，是另外一个世界。

看着矗立在远处的尚未竣工的中国尊，恺撒若有所思地说道：“中国尊在两年前还没有成形。”

恺撒话音落下，我们抬头远望。

Jesús Centeno

何三诺

“做一个好色之徒”

何三诺从兜里拿出一包Golden Virginia（金色弗吉尼亚）的烟丝，捏出一小撮铺开，用卷烟纸卷起，伸出舌头舔舐烟纸边缘，润湿，再将其严丝合缝卷起。蛋糕店里突然进来一行人，有的架着摄影器材，有的拎着大包小包，有的穿着蓝色制服，店员热情招呼起来。不一会儿，两个穿着藏蓝色制服、身材高大的男演员开始叽里咕噜地说起法语。我和何三诺看着演员出了会儿神，不一会儿，恺撒到了。

本来与何三诺和恺撒约在附近的咖啡馆，由于蛋糕店在地铁口，抬头即见，我们便就近入座。进门，一阵甜倒牙的味道侵入味蕾，我有些喘不过气。这憋闷的气味像挤地铁时遇到的满脸扑粉的女人一抬手、一撩发、一转身之间带起的旋风般有攻击性。

恺撒与何三诺

此刻，恺撒买了一包Parmesan（帕玛森）芝士棒，坐在何三诺身边。

“北京是个好地方。”何三诺看了一眼恺撒，“在北京，永远不用担心会无聊。”

“至少安全。很难想象晚上10点钟在西班牙的街道逛游会发生什么。”恺撒吃着芝士棒说道。

何三诺来北京五年，恺撒来北京四年。当初他们来北京都是因为自己的某个朋友，继而从马德里和巴塞罗那各自前来。不料一年后，何三诺的朋友回了西班牙，恺撒的朋友去了台湾，而他俩却像约好了似的，留在了北京。

北京是一个神奇的地方，来自世界各地的男男女女在此聚合、离散，有如浮萍随斑斓世界的激流涡旋流转，再各奔东西。何三诺之前在西班牙马德里的《公众日报》和埃菲通讯社工作，目前在央视国际频道做编辑；恺撒是自由摄影师，经营着自己的胡同一日游生意。

蛋糕店里的演员一遍遍地走位，面带职业微笑，不厌其烦地说着台词。北京的娱乐产业发达，几乎每个咖啡馆都有人在谈论电影投资、票房；平日里在街上晃悠，时不时可以看到拍摄中的剧组。此时，店外聚集了一圈围观的人群，我们和店员、顾客、剧组似乎是被关在玻璃罩子里的玩偶，而指指点点的围观者则像是热火朝天地竞价的买家。这倒不打紧，我们仨在蛋糕店甜腻的氛围中自成一个小团体。

何三诺是恺撒在北京最好的朋友，他用“活跃、话多，有时候焦虑”来形容恺撒。

恺撒摸着下巴笑着说：“嗯，‘话多’听上去不像是个褒义词。”

我饶有兴致地看着恺撒，他继续说道：“何三诺这个人吧，友好，慵懒，有趣。”

我很好奇，如此亲近的两个人，他们喜欢的女人会是什么样子。

恺撒和何三诺不约而同地笑了：“幸好我们喜欢的不是同一类型的女人。”

恺撒停顿一下，说道：“积极，风趣，有吸引力。”

何三诺又卷了一根烟，说：“聪慧，有吸引力。”

“嗯，你们喜欢的女人确实不是同一类型的。”我笑了笑。转头看到他们的身影映在橱窗上，耳边传来他们用西班牙语交谈的声音。随即，何三诺拿着烟出门，背对着我们在橱窗前抽了起来。

生活之道

“我给你看些照片。”恺撒身子前倾，把手机拿到我面前。

“什么照片？”

“‘探探’（应用）上的。”他用手划着手机屏幕，在一张照片前停了三秒钟。我看了一眼，是一个戴黑框眼镜、穿着暴露的中国女人。

恺撒指了指窗外背对着我们抽烟的何三诺。作为一个西班牙男人，何三诺长得并不硬朗，面部线条轮廓柔和，皮肤白皙，一派邻家男孩、模范男友的样子。

说话的工夫，恺撒随手存了一张照片。我瞥了一眼，说："她应该是整过容。"

"谁在乎这个？"恺撒瞅着照片。

谁在乎这个？男人爱看美女，只要是美的，似乎是否是原装的、自然的已经不重要了，重要的是满足自身的爱美人之心。而女人则无所不用其极地令自己浸着玻尿酸味道的容貌碾压众人，一是为满足自身之需，二是为满足男人之需，三是为满足社会之需。这种商品经济下的供求关系似乎是卡尔·马克思也不曾预料的。

波伏娃在《第二性》中也表示："女人打扮得越漂亮，她就越受到尊重；她越是需要工作，绝佳的外貌对她就越是有利；姣好的容貌是一种武器，一面旗帜，一种防御，一封推荐信。"既然美貌可以带来诸多社会资源与便利条件，削骨隆鼻丰胸垫下巴便无可非议。《漂亮朋友》中，英俊的杜洛瓦为跻身上层社会，不择手段地走上飞黄腾达之路，似乎也是无可非议的。物物交换，各取所需，资源配置与流动就是在这样的交易中完成的。

"虽然她看上去一脸刻薄，但每个人都有刻薄的一面。"恺撒说道。

“嗯，即使是男人。”我应答道。

“有一句话说得好，越是看上去乖巧可爱的女人，在性生活中越疯狂。”恺撒双手一摊。

“你有女朋友吗？”

“有一个，不知道算不算。”恺撒将装着半根芝士棒的纸袋一揉，放在桌上。

“中国人？”我看着恺撒，余光却瞥见纸袋慢慢膨胀伸展开来。

“嗯，她特别疯狂。”

“你是指……”

“中国女人与同龄外国女人相比，似乎显得幼稚些。”恺撒说道，“我很理解她们，因为她们要工作、要学习。但我从来没有遇到过一个二十五岁的外国女人跟我说：‘我第一次来酒吧，我不喝酒。’”

分别前，恺撒给我讲了一个故事。他的西班牙记者朋友采访一位年近百岁的老翁，问及长寿秘诀，老翁答曰：“做一个好色之徒。”

古有宋玉以“莫之许也”回应登徒子之状告。东家之子即使“增长一分则太长，减之一分则太短；着粉则太白，施朱则太赤；眉如翠羽，肌如白雪，腰如束素，齿如含贝，嫣然一笑，惑阳城，为下蔡”，也不能撼动宋玉。“好色”也成为衡量一个人是否可被重用的标尺，这在普罗大众心目中，即为羞耻之事。

“他说自己‘每天巫山云雨三次’。”恺撒伸出手指，“这是生活之道。”

至今，中国人鲜有光明正大出言：愿做一好色之徒。究其根源，传统文化价值观使然。对美丽事物的欣赏为人之本性，对肉体之欢的追逐也是人之本性，不分男女。有女者愿着装暴露，即有男者趋之若鹜。人人皆有管理、处置自己身体的权利，而如何能在“做一个好色之徒”与社会舆论中寻找平衡，大概是需要些道行了。

一刻钟后，恺撒和何三诺就要去Kokomo酒吧，问我要不要一起。我从未去过Kokomo，此刻，也并无兴致去。因为，我知道某人，在某个地方等我。

John O.Smith

约翰

心之所爱

天气渐暖，骑车时风吹在脸上，并不觉冷。因为住在中国传媒大学校区公寓，离工作的校区有段距离，约翰选择骑共享单车往返于住所与单位，即使在冬日。他清瘦的身影被日光拉得修长，围在脖子上的姜黄色围巾像一抹暖阳。

2014年来北京前，约翰在美国的几所大学已有十五年的平面设计教学经验。2016年冬，约翰由平面设计专业的教授晋升为中国传媒大学—美国纽约理工大学（合作办学项目）北京校区院长。

“有时候，你有没有感觉到，你天生就会成为什么样的人？”

“对于我来说，我的大半生都在教学，我生来就是要做一名老师。”约翰随后补充道，“这是毋庸置疑的。这不是什么欲望，它本来就是这样的，就这样发生了。（作为老师，）重要的不是教给了学生什么技能，而是让他们习得如何认识自己、如何看待这个世界。”

约翰的话让我想起了《死亡诗社》《心灵捕手》中消弭隔阂、给人以引导与启迪的教师角色。

约翰出生于美国爱荷华城，1995年毕业于爱荷华大学，获得艺术设计专业硕士学位。他毕业后曾为博物馆、出版机构、市场推广机构等做过设计师及艺术指导，并经营自己的设计工作室。同时，约翰也进行着纯艺术（fine art）

的创作，其作品多探求语言、重复性、社会结构，意在激发观者的好奇心与互动参与感，涉猎领域涵盖书籍设计、画廊陈列、摄影、公共艺术与表演。他的作品曾在世界各地展览，部分作品被公共机构或个人收藏。

“设计的乐趣在于，可以用有限的素材，比如纸、金属、木头，创造全新的东西。”约翰说道。

即便如此，约翰一有空闲，想到的就是教学。教师这个职业可以把设计与教学结合在一起。约翰的教学基于对话，注重探讨的过程，进而启发学生自主探索、设定目标、完成创意作品、进行批判性分析和展示。升为院长之后，处理的事务自然多了起来，他每天会在办公室的墙上列出一周要做的事情，条理分明。

“我是典型的处女座。”约翰笑了。

“中国学生与外国学生的区别在哪儿？”

“中国学生分数至上，以获得高分为目的进行学习的能力比外国学生要强。”他继续说道，“但是，如果我给他们一小时的时间自由学习，大多数中国学生不知道要做什么，而外国学生能比较合理地安排自己的时间。

“我曾经给学生出过一道题：你的心之所爱是什么。中国学生只有很小一部分能完全表达出来。他们要么是从

DEFAULT

未思索过这个问题，不知自己所好；要么是知道答案但不知如何作答。”

那么，你的心之所爱是什么？

谈情与说爱

“我当初来北京是为了一个女人。”

我和约翰算是老朋友了，我们对彼此的喜好、性格甚为了解，我们可以谈论哲学、艺术、文学、时政。作为一名教授，约翰可以给予你最大的信息量，源源不断地喂饱你。

可是，约翰从未提过，他来北京是为了一个女人。不过，能让约翰从美国追随到北京的，想来也是真爱吧。可后来两人还是分手了，女人回了美国，约翰则留下了。

“当时我孤身一人在北京。”对于这段记忆，约翰只说了一句话。

没有人喜欢被留下，被留下的人总是承受得最多，不论男女。被留下的人就像电影《漫长的婚约》中等待恋人荣归的玛蒂尔德。第一次世界大战接近尾声，玛蒂尔德等来的却是未婚夫的死讯。她每天靠回忆度日，拖着残疾的左腿，踏上了漫长的寻夫之路。而对于约翰，他的留下意味着等待一个永远不会回来的人。

约翰从来没有结过婚，与前女友在一起十六年，他们在美国共同拥有一套房子。现在，虽然约翰在北京仍是只身一人，但至少多了些朋友陪伴。

“有没有想过找一个中国女朋友？”

“想过。”约翰笑了，“在美国，如果你喜欢某个人，你可以直白地告诉她，或是告诉她的朋友。但对于中国女人，我不知道该怎么做。女人多数还是比较被动的，尤其是中国女人。”

“告诉她你的感受。”我说。

“一些中国人在感情中没有安全感，而生活中诱惑又太多。不过，我对感情还是抱有希望的，虽然维持一段感情没那么容易。”约翰道。

没有人心是石筑的，没有人心不柔软。你认为自己付出了那么多，换来的却只是漠视。这冷漠将两颗火热的心浇得冷冰冰。而婚姻中的人是温水中的青蛙，他们在日复一日的心不在焉中被烹煮，身死心死。

“想方设法保鲜。”我说。但转念一想，若是像说说这般容易，世间就不会有那么多伤心欲绝之人。

“我有一个朋友，育有一子一女，但与丈夫貌合神离，每年才亲密一次，”约翰说，“她丈夫在外面有个女朋友。”

当约翰将“女朋友”说出口时，我竟没有反应过来。

女朋友不应是恋爱中与男伴共浴爱河的女人吗？

“有人说婚姻意味着平淡与无聊。”我说。

“跟有趣的人在一起，不会无聊。”约翰笑着说道，“回到家，如果你给对方一个拥抱，你得到的会是一个吻。”

“最好的是，两个人以一个整体去参加聚会、活动，分享兴趣爱好。”约翰继续说道，“最好，是能一起规划未来。”

可是，拥有这么一个有趣的人，一个可以一起规划未来的人谈何容易！这个世界有那么多男女，每天在人群中擦肩而过，未能遇见彼此，更未能在一起。在庸碌的城市生活中，即使共枕眠的恋人也不言不语，不提未来。我们又能有多了解对方呢？

张爱玲在《半生缘》中写道：“我要你知道，在这个世界上总有一个人是等着你的，不管在什么时候，不管在什么地方，反正你知道，总有这么个人。”

可能，真的有这么一个人。

Benjamin Barthélémy

本

法兰西之梦

“《生命是一个奇迹》是我最喜欢的电影。”本说道。

电影由出生于“一战”爆发地萨拉热窝的埃米尔·库斯图里卡导演。埃米尔是本特别欣赏的导演，本不喜欢好莱坞大片式的简单直接，象征主义与符号化才是他的风格。

幼时，本就确立了自己未来要做电影的志向。这不是说说或想想而已，七岁时，本开始自己写故事，梦想有一天能拍出属于自己的电影。

“读电影学院之前，没有人教过我应该怎么拍电影，但我已经自己学会了尽乎所有的规则。我父亲是编剧，舅舅是摄影师、导演，或许是因为基因，还有法国深厚电影文化的熏陶。”

“如果你想做一件事情，不论别人怎么说，你都会大胆去做。”本很小的时候，就向父母坦露过自己以后要做电影，父母表示支持。“即便他们不支持，我也会去做。”本说。

本拍的第一部短片，是在他十一岁的时候。

“短片讲述了一个什么故事？”我很好奇一个十一岁的少年是怎样通过电影的形式表达自己的想法的。十一岁时，你在做什么？

“难以启齿。”本笑着说，“我们可以谈谈我的第二部电影。”

“凡是跟‘第一次’相关的，总是令人难忘。”

本点点头，说：“那时我还小，我试图抓住一切去完成一部作品，但是并不在意怎么去讲述一个故事。我仅仅是为了完成我的第一部作品而去做。”

本的话令我想起每年必看的好莱坞全明星阵容情人节电影《情人节》。电影中，由艾玛·罗伯茨饰演的葛瑞丝与她的男友为了在情人节尝试第一次爱的体验而绞尽脑汁，直到最后才意识到，最好的总是在不经意的时候发生。

“什么主题？”我问。

“一个简单的爱情故事。”

“我在哪里可以找到？”

“找不到了。”本笑着，“我把它扔海里了。”

看着本的眼睛，我脑海中闪现出十八岁写出一举夺得1954年法国批评家奖《你好，忧愁》的法国女作家弗朗索瓦丝·萨冈，和凭其导演的处女作《我杀了我妈妈》获得第六十二届戛纳电影节三项大奖的加拿大导演、演员哈维尔·多兰。他们相貌出众、个性鲜明、离经叛道，俘获了众多追随者。而本却是一个标准的好孩子，虽然他并不觉得自己聪明，也不觉得自己多有天分。

“但，我是不可战胜的。这是我十六岁时意识到的。”本出生时家庭富裕，在他六岁那年，家道中落。“那时我们穷困潦倒，我不得不在假期打工挣钱拍电影。没有摄影机，没有麦克风，什么都没有。后来，一位来自法国南部的记者听说了我的故事。”本说。

“他为什么会对你的故事感兴趣？”

“十五六岁，身无分文，梦想拍电影，还把身边的朋友抓来帮我一起拍。”本继续道，“这位记者对我进行了电视采访。后来一个二百多人的电影俱乐部向我发出邀请，邀我去发言。

“我在众人面前讲述了自己的故事，而在座的一位女士问了一个我未曾预料的问题。”本停了停，继续道，“她问我准备什么时候拍第一部电影。我说明年，而当时我什么都没有。”

随后一年，本找到一家肯为他的电影项目投资的公司，但在电影开拍的两个月前，公司倒闭，本失去了拍摄资金。本的朋友劝他延迟拍摄，但本没有放弃，也没有延迟，尽管当时所有人都不相信他能完成任务。

“没有人相信一个十五六岁的没钱的少年可以拍电影，尤其是在电影开拍的前一天，我连拍摄设备都没备齐。父亲对我大发雷霆。但我知道拍摄肯定可以继续，我有种预感，”本说，“（当时）我跟帮我的朋友说，明天早上10点，拍摄照常进行。”

上天总会眷顾那些知道自己要做什么、知道自己能做什么的人。那天，本出了交通事故，并获得了保险公司的赔付，靠着这笔“意外之财”，本购买了拍摄所需的设备，电影拍摄如期进行。

自此，似乎没有什么能够阻挡本对电影的热爱。1998年，本如愿在戛纳戏剧学院进修“影棚摄影”和“表演指导”课程，并通过了电影和音乐的两项考试；与此同时，他还在戛纳艺术学院学习构图、雕塑、油画、素描等艺术课程，也没有放弃钢琴的进修。所有这些学习，都使他对自己的发展方向有了更为深刻的思考，对艺术有了更为深入的理解，并形成了自己独到的见解。

“踏入学院的那一刻，我就为那三年做好了规划。第一年专攻剧本写作，第二年学习摄影器材使用，第三年全面学习。”本说道。本一年拍摄五六部电影习作，而一般学生只拍摄两三部。

“我有自己的目标和准则，不期待和依赖任何人。我是一个真实的人，不喜欢虚假的东西。在这个行业，99%的人都是虚假的。我一直想要远离这些，但同时，这又是矛盾的，因为我想做的事情使我必须在这个行业里。”

2005年，本考入巴黎国际电影学院进行专业学习，在校期间，他共创作并拍摄了九部电影短片，参与了其他二十二部电影短片的拍摄工作。这期间拍摄的短片为本赢得了不少荣誉：*Chipster*（《薯片》）获得2008年法国巴黎国际电影学院年度最佳广告片及最佳短片，短片电影*The Chinese Letter*（《乔治亚特的中国来信》）入围同年卡里勒鲁埃（Carry-le-Rouet）电影节，并获得“青年导演特别奖”等众多荣誉。

一路向东

本与中国的交集从西安开始。

“为什么一开始选择西安？”

“因为我的合作伙伴来自西安。我们在巴黎是同学。”我点了点头，他看出了我眼中的狡黠，补充道：“我是很专业的。我们之间是纯粹的工作关系，我从来不把工作与生活混为一谈。”

本与他的合作伙伴当初决定成立自己的制作公司制作纪录片，后来因经济危机，银行纷纷倒闭，投资人撤资。在这之前，本在香榭丽舍的一家大公司上班，过着“要风得风，要雨得雨”的生活，周围的人都在观看、谈论他的电影。

“一瞬间，我们像是无家可归的人。”本的眼中反射着昏暗的灯光，我们旁桌的情侣在谈论放假去哪儿旅行。

本的合作伙伴说服本来到中国，两人成立了Golden Lotus（金莲花）公司。后来，两人产生分歧，本离开了公司。

“那时我二十二三岁，我们都还年轻，总会犯错。”他说，“西安或许并不适合我。我认清现实后去了上海。

本在上海遇到了现在的妻子，建立了自己的家庭，也创立了自己的传媒公司。移居北京是因为要做汽车电视广告等项目，那之后两年，本专注于做自己的项目。

北京似乎是本的福地，在这里，他偶然认识了华特·A.麦克丹尼尔（Walter A. McDaniel，详见p285-300），前漫威画师，赤龙世漫的董事长兼CEO。*华特是《死侍》及《死锁》的主画师，参与过蜘蛛侠、金刚狼、X战警等超级英雄的创作。

“华特是世间少有的那种人，如果非要排名的话，他绝对算得上前十——他每时每刻都在创作，如果你变成他的合作伙伴，你就能成为他的朋友。”

“赤龙世漫制作我的短片前，华特要我尽自己所能把片子拍好，放手让我去做。”本说，“他是一个纯粹的人，

---

* 此处的“漫威”“赤龙世漫”分别指漫威漫画公司和赤龙世漫动漫公司。

很难遇到像他这样的人。”

“我来中国时，放弃了在巴黎的一切，”本收起了笑容，“现在境况已好转。但过去很长一段时间，我像孤身一人穿越沙漠。放眼望去，没有水，没有植物，没有人，什么都没有。而在沙漠的尽头，我遇到了华特。这对我来说意义重大。”

“人的一生中很难遇到像他这样的人，而为了遇见他，之前经历的所有苦难与忍受都是值得的，所有这一切都是值得的。”本说。

巴黎

“我来自巴黎。我的自我定位、身份认同感非常强。离开了巴黎，在哪儿停驻，我都无所谓。”

现在，本想离开北京。因为环境污染，他已经无法再忍受：“我不是在指责谁，而是我的身体已经无法承受。今年年底，我们可能会移居上海。”

“有没有想过回巴黎？”“巴黎”这两个字，代表了一切，无需任何修饰语。无论在影视作品还是文学作品中，只要沾着巴黎的边儿，似乎都是高级的、经典的。

“巴黎是我的家。我父母来自巴黎，我来自巴黎，我希望自己未来的孩子也出生在巴黎。巴黎是我的生之所在。”他的眼中闪着光与渴望。

巴黎是所有女人梦想的城市——“爱我，就带我去巴黎”。记得在1954年的爱情喜剧《龙凤配》中，奥黛丽·赫本饰演的萨布丽娜在巴黎接受了高级厨艺培训、受了巴黎时尚与艺术的熏陶后，重返故乡，从一个乡村土妞变身时髦甜妞，最后征服了莱勒比家族大公子。但巴黎也不是只有光鲜的一面。其实，不论巴黎、摩洛哥、巴塞罗那还是雅典，世间任何一个地方都有人过着悲惨的生活，如《巴黎野玫瑰》中的年轻情侣——逆来顺受的佐尔格与性格自由极端的贝蒂，最后以贝蒂的发疯与死亡告终。

“我也是一位旅行者。来中国之前，我从未在除法国以外的国家待到两年以上。”

“显而易见，你在中国生活了八年。”我说。本说出的话，让我顿感熟悉与欣慰，原来，自己之前的旅行人生，并不是个例，我也不是那仅有的一个除故乡外，在同一个地方永远待不够两年的人，我也不是那仅有的一个永远在路上的人。

还记得杰克·凯鲁亚克在《在路上》中说的吗？“我一辈子都喜欢跟着让我有感觉有兴趣的人在一起，因为在我心目中，真正的人都是疯疯癫癫的，他们热爱生活，爱聊天，不露锋芒，希望拥有一切，他们从不疲倦，从不讲些平凡的东西，而是像奇妙的黄色罗马烟火那样不停地喷发火球、火花……”

“你最喜欢巴黎的哪一点？”如果问我的时装设计师朋友迈克，他肯定会说，最喜欢巴黎的高定（高级定制服装）；如果问我的在巴黎读法国文学的韩国朋友信爱，她会说，最喜欢巴黎的艺术气息；如果问我的在巴黎出差的时装编辑朋友曼迪，她会说，最喜欢巴黎女人的优雅气质。

“在北京，人们将旧时的建筑拆掉又重建。但是在巴黎，任意择一条街道，两旁的每一栋建筑都充满了故事。”本想了几秒钟，说道。

我想象着自己来到了圣日尔曼大街街角的双叟（Les Deux Magots）咖啡馆，将圣日尔曼大街和圣日尔曼老教堂的风光收入眼底。

“像我之前提到的，我住在蒙马特，街道由无数石块砌就，而这些石头已存在了二百多年。你每天下班回家，是踩着拿破仑曾踩过的街道。”

双叟咖啡馆，萨特与波伏娃曾在这里看着巴黎街道上来往的人群，谈论哲学与文学。看到着装时髦、叼着根烟的高挑女郎经过时，萨特会忍不住多看几眼，而波伏娃会像其他所有女人一样吃醋，但仍禁不住与萨特一起谈论这个女郎。

“我不是指游人如织的巴黎景点，而是真正的巴黎。”本看着我，“你住在这样的城市，看着城市发展。你知道未来的某天你会死去，但这座城市仍在。后来的人仍踏着你走过的街道，奔着自己的生活。你踏出去的每一步，都像是在历史中穿越。”

“这或许就是我最爱巴黎的地方。”本继续道。

“那你喜欢北京吗？”

“我喜欢北京充满活力与机遇的一面。每个人都努力工作，即使今天你失业了，明天你也可以找到新的工作。现在的状况类似于‘二战’后五六十年代的法国。”

“北京有没有让你不喜欢的？除了雾霾、交通拥堵。”

“虚假。”本说道。

我看着他的眼睛，待他细说，他看我并未发表什么看法，继续道：“所有东西都是假的。你可以注意下自己周围的东西，不管你去哪儿，你周围的东西都是假的。所有的一切都是为了炫耀。我不喜欢这样。”

“按你的意思，整个城市都是假的。”

“你告诉我哪里是真的？”

“胡同。”

“即使是胡同，也是为游客准备的，好多胡同被拆掉重新粉饰，不见原貌。”本说。

“那我们来说说，这家餐厅，也是假的吗？”我转头看着餐厅的环境，中央摆着的欧式花卉装饰、门口的吧台、散置的餐桌和穿梭的服务生。作为一个西餐厅，一切都是标配。我与本坐在窗边俯瞰北京夜景。不像位于国贸三期八十层的云酷酒吧，这家餐厅隐藏在一栋稀松平常的写字楼的角落里。

“我倒挺喜欢这家餐厅，这里或许是为数不多的不那么假的地方了。”本笑着说。

“每个地方都有自己的故事；每个人也都有自己的故事，有自己的独特性。你看那边的女侍应，她也有自己的故事。”本一直坚信。

“在中国，只有大制作才能吸引投资，而我希望拍一部真正的中法电影。”

正聊着，本的朋友Cilla来了。她梳着一头干练短发，清瘦。Cilla要跟未婚夫移居缅甸，因为未婚夫喜欢亚洲文化，喜欢缅甸的风光与气候，而作为活动派对达人，Cilla要在缅甸找一份像样的工作倒成了难题。

“不像北京，那边的活动顶多凑个几十人的小聚会，小打小闹。”她一脸无奈，“不过，他喜欢。”

本一脸笑意地看着我们。从餐厅离开后，我们要去一个酒吧参加瑞克·加森（Rick Garson，详见p217-224）的生日派对。我们三人下楼，遇到本的另一位朋友，一行人准备打车去酒吧。在路边等了十来分钟也没有打到车，用“滴滴”叫车也无应答，反倒是路边的蹦蹦车师傅殷勤地招呼着我们。

“多少钱？”本问道。

“五十。”蹦蹦车师傅伸出手指比画道。

“太贵了。”本笑着看了看我们。

“我们走过去吧。”短发女人说道。

寒风吹着；我没有穿高跟鞋，所以不觉得累。没有雾霾，这样的天气不是每天都有。

在路上

“你觉得自己是个什么样的人？”

“英俊，智慧。”本笑了出来。

“英俊，智慧，有吸引力。”我说。

“特别有吸引力。”本不由自主地笑起来。

“好奇，谦逊；旅行家，冒险家。旅行对我来说是生命中不可或缺的一部分，我必须要去不同的地方看看，因为我对这个世界有强烈的好奇心。”本说，“旅行与好奇，意味着冒险。”

"'英俊'用法语怎么说？"

"Minion."本说道。我突然想起住在山上的法国朋友于陵也跟我说过这个单词。

"我还是比较了解自己的。我不是一个合格的商人，我也曾错失了许多机会，尤其是来到一个全新的、陌生的地方，没权没势。"本笑了笑，又用不太流利的中文说道，"服务员，来一杯青岛啤酒。"

目前，本成立了自己的影视公司Red Elephant，在北京、上海、巴黎都有团队。团队中的每个人都极具天赋，对事物抱有极大的好奇心。本喜欢与来自不同国家的电影人一起工作，喜欢将不同背景的人聚合在一起。

其短片*An Elephant on the Moon*已被全球二十五个国家的三十三个国际电影节选中。法国政府邀请本于今年5月中旬出席戛纳电影节，向学习电影的学生们分享自己的电影。

Joelle de Jaegher

乔爱尔

一辈子做女孩

合法的外地人

“当我来北京时，一切要重新开始。那时我不懂中文，不了解中国人，拎着两个行李箱就来了。”乔爱尔说，“有时，生活需要些改变。”

乔爱尔是一位室内设计师，毕业于威尼斯大学建筑专业。她出生在比利时韦尔维耶，位于列日省东部的阿登地区。我用荷兰语向乔爱尔问候，她笑了笑，说：“我在法语区，不懂荷兰语。

“我五岁时随家人从比利时搬去意大利，五年前我从意大利搬来中国。”所幸，乔爱尔在北京的亲戚把她介绍给了自己的朋友，她通过亲戚的朋友认识了更多的朋友。

“虽然刚来中国时孤身一人，但我并不孤独，因为是我决定要来中国的，当下及未来我经历的起起伏伏，我必须要承受。”乔爱尔眼含笑意，抿了抿嘴，“每周，我都会认识新朋友。你看，这周我见到了你。”

我想起自己从希腊回国后拎着行李箱来到北京的那一天。盛夏，我还穿着波点连衣裙，天空也没有比现在更清蓝，忙碌的人群与车流在拥堵的马路上无秩序地穿行。被晒软的柏油马路像斑裂的伤口，吞噬着这些人和物。看着这个陌生又繁忙的城市，我不知道自己要经历什么，不知道会遇见什么样的人、发生什么样的事，不知道我会在这里待多久，不知道未来会不会离开。当初来北京是因为自己不知道要去哪里，既没有特别喜欢的城市，也没有特别留恋的人；而未来若离开，或许也是因为没有那么喜欢这个城市，也没有一个那么让我值得留恋的人。

近期与一群志同道合的朋友在炎黄艺术馆举办的“合法的外地人”摄影展，就让乔爱尔有了更深的体会。事实上，这不是乔爱尔第一次办摄影展，从2013年到2016年，她与朋友先后在红墙花园酒店、Zarah咖啡馆、炎黄艺术馆举办过主题为“时间静止”“四感”“城市传记，都市化进程的传统”的展览。摄影是乔爱尔对生活探索与发现的一种方式，也一路陪伴她迁徙。

“我的大半辈子一直都是‘合法的外地人’。”乔爱尔笑着说。

“刚移居意大利时，我潜意识里就觉得自己来自外地；在一个不属于我的国度生活，我也不是其中一分子。”这种不沉重但微妙的感觉随着年月增长，一直如影随形。“起初带着消极的意味，后来我慢慢长大成人，对‘外地人’这个词也有不同的解读，甚至奇怪地感觉到它正面的意义。

“我觉得自己既不在比利时，也远离意大利，我在这个世界上毫无归属感。然而，正因为如此，我有时候反而

更加觉得我来自这两个国家。”乔爱尔说。

自幼，乔爱尔就习惯在这两种语言及文化间自由转换，看待这个世界的视角也是双面的。

在“身份”“认同”主题的表达上，米兰·昆德拉是流散作家的代表。昆德拉从捷克政治背景中走出，将视野扩展至欧洲文化中心法国，乃至欧洲、整个世界。1975年他被迫离开捷克，开始了长达几十年的流亡生活。流亡，是对生命存在的忽视，对个体自我价值的蒙蔽，也是一种自我回归与现实遗忘之间的矛盾的充分体现。而在当今中国社会，即使是在城市间迁徙，也带着不能诉说、不能获得身份认同的流亡的宿命。各类繁杂的手续与频更的政策，更在外乡人与本地人之间掘出了不可逾越的沟壑。

“在意大利生活了四十年以后，我现在可以说自己是一个意大利人，但我护照上的国籍却写着比利时。那我是哪里人？我是一个欧洲人！现在我居住在中国，所以我算是一个世界公民。”

现实生活中，外国人办理中国签证时困难重重，而对于年龄在六十岁以上的外国人，拿到签证的概率更低。可从某种程度上说，他们再也无法返乡，也不愿回去，未来在哪儿，他们也说不准。

一辈子恋爱

乔爱尔至今未婚，没有孩子，没有丈夫，没有自己的家庭。

但，没有一个女人是没有故事的。乔爱尔就曾谈过一段很长的恋爱。

对于女人来说，恋爱要比婚姻来得甜蜜。恋爱中的女人皮肤光滑，激情澎湃；婚姻中的女人脸色暗黄，死气沉沉。女人本身就是感觉动物，若一个女人想永远感受到被宠、被爱、被狠狠地爱，婚姻必然不是一个明智的选择。婚姻意味着曾经对你百依百顺的男人可能会变得冷漠自私，男人有各种理由不去做家务且仍一副太上皇样，而女人除了要工作，还要做家务、照顾家人。本质上，男人都是难以忍受的，除非一个女人特别爱这个男人，否则谁会愿意自己的后半生每天都要给这个男人做饭洗衣？激情退却后，男人连做爱的姿势都是流程化的，除非一个女人特别爱这个男人，否则谁会愿意自己的后半生每月做一次爱，还要佯装高潮？婚姻中，男人狂妄自大又幼稚愚蠢，除非一个女人特别爱这个男人，否则谁会愿意自己的后半生每天抛却父辈对自己的宠溺，像奶娘一样喂养着那个长不大的“孩子”，谁会愿意自己的后半生在与男人的互相指责与抱怨中衰老？

“婚姻是感情到了自然生发的，不是被父母或亲友催生的。”乔爱尔说，“我知道在中国社会，大龄女人不结婚会被视为异类，尤其是在小城镇。我对此感到惋惜。即使迫于压力结了婚，他们也不会幸福。”

而婚姻就是这样，一旦头脑发热，结了也就结了；愈是踟蹰愈是清醒，就结不了了。

“现在中国的离婚率越来越高。”我说。像父母那样磕磕绊绊能走过几十年的夫妇，越来越稀少。现在的人，太容易承诺，太容易翻脸，太容易遗忘。

“你们怎么认识的？”我问道。

“我们都去参加一个派对。但并不是一见钟情，我们是从朋友开始做起的，”乔爱尔说，“我们都喜欢音乐、电影、摄影。”

1994年，乔爱尔与男朋友搬到一起住。

“最初是我想跟他在一起住。还是我跟他提起的，他便答应了，”乔爱尔笑了，“那时我很喜欢他。喜欢一个人，不是喜欢他的外表，而是内在。他总是跟别人想的不同，见解独到。我喜欢他的思考方式、他谈论的事情、他对生活的态度。他喜欢谈论哲学，我喜欢跟他谈论这些东西，比如，生活是什么样子的，我们为什么会在这儿，我们从哪里来、要到哪里去。”

我想着，身边的朋友，有没有那么一个人可以和我谈论这么深刻与宽广的话题。正如徐志摩所说：“我将在茫茫人海中寻访我唯一之灵魂伴侣。得之，我幸；不得，我命。”

“我不是一个坚强的人，而他可以给我支持。我们在一起时，他每次都会认真听我讲话，”乔爱尔笑了，“至少我认为他在听。其实有些情侣之间是很少交流的。”

“这些都建立在信任之上。”我说。

“你信任他，因为这是你自己选的男人。”

“你们会争吵吗？”

“会。我对他唯一不满意的一点是，他从来不在意自己的着装。那时他经济拮据，会把钱花在他认为值得的地方。一个男人要有自己的品位。当然，他觉得有些事情比这更重要，比如他的工作、音乐和摄影。他想成为一名电影导演。”

“你们可以一起旅行、摄影。”我说。

“我们很少一起出行。他没有时间，钱也不多。有时我会一个人旅行。”事实上，乔爱尔第一次来中国是2005年，那时她的男朋友在工作，假期意味着在家里待着什么都不做。

“你们现在还有联系吗？”

“我们仍然是朋友。但我不想再见到他，他已经不是我生活中的一部分了。”

“你们为什么选择分开？”

“是他选择的，”乔爱尔表情淡然，“因为他想过一种不同的生活。”

“你们什么时候分开的？”

“2012年2月。”

爱你备受摧残的面容

“北京是一座神奇的城市，”我看着她的眼睛，“在这里，你或许可以找到一个喜欢的人。”

“在我这样的年纪，不太容易找到一个可以在一起的人。”乔爱尔似乎知道我要问什么，她继续道，“我的年纪比我看上去要长，你可以猜一下。”

“你比那些结了婚的家庭主妇看上去要年轻，”我说，“不论身体上还是心理上。”

乔爱尔看着我，笑而不语。我继续道：“我相信会有那么一个男人存在。”

“为我？”她问，笑了起来。

我点点头。那一瞬间，我不知道是在说服自己还是在说服乔爱尔。

和乔爱尔年纪相仿的男人中，只有一部分具有可同她媲美的高等教育背景及收入，能聊得来的不会太多，价值观相符的更少。即使满足了这几条，在北京这样的“花花世界”，上了年纪的男人自然不会找上了年纪的女人，他们爱的向来是鲜嫩的二十多岁的身体，他们的目光一直追随着如樱桃般红润的脸颊与如玉石般光洁的酥胸，他们一直都明白人生苦短，要将有限的时间花在性价比高的年轻姑娘身上。

“我已经五十多了。”乔爱尔笑着看我，眼睛弯弯，仿佛在自语“多少人曾爱慕你年轻时的容颜……”。

“这有什么关系？”我在想，当我五十岁的时候，会是什么样子？大概不会像现在这么任性吧，不会像现在这样自由不羁，更不会像现在这样，是个写文字的脾气臭的女人。

“我没什么打算和期待。”乔爱尔说出口的话倒是云淡风轻。

“或许，真是这样。最好的事会在不经意时发生。”看着乔爱尔微微笑着的脸庞，我的眼前渐渐模糊，现出杜拉斯在《情人》的开篇描绘的情景：

我已经老了，有一天，在一处公共场所的大厅里，有一个男人向我走来。他主动介绍自己，他对我说："我认识你，永远记得你。那时候，你还很年轻，人人都说你美，现在，我是特意来告诉你，对我来说，我觉得现在你比年轻的时候更美，那时你是年轻女人，与你那时的面貌相比，我更爱你现在备受摧残的面容。

谁没有年轻过？而每个人都有满布皱纹的那一天。幸好，这个过程是缓慢的，未来几万天的每一天，我们将会适应并重新爱上不断衰老的自己。

乔爱尔为我展示着她手机中的照片。朋友莫妮卡让每人拍一张自己的照片交给她，她在背景板上做出人形，然后将照片嵌入其中。眼前的这张是乔爱尔的朋友与她穿着和服的日本丈夫的合影。

"我来北京已经四年了。"乔爱尔瞥了一眼手机屏幕。

她还是当初那个乔爱尔，她还是那个喜欢远离空气污染与交通拥堵的、亲近自然的乔爱尔，她还是那个喜欢吃云南菜的双子座的女人。

"未来有什么打算？"我问。

"我打算回欧洲。具体时间并不知道，我是一个人来的，想走的话，任何时间，都可以拎着行李离开。"

乔爱尔的话如诗般在我心头萦绕，我的心为之一颤。

“不过，中国签证的办理费用三年前还是四百（元），今年翻倍，八百，”乔爱尔冲我眨眨眼，“越来越贵了。”

女人最幸福的状态，莫过于经济能力强大，有能力让自己幸福，可以永远恋爱，永远做女朋友，一辈子做女孩。

Constantin Colberg

康廷

人人都爱肌肉男

“他们告诉我几点起床，几点训练，什么时候去哪里。我发现我不适合那个环境。我刚十九岁，还有太多地方没有去，太多语言没有学。世界很大，我不可能只懂一种语言、一种文化，不可能只待在一个地方。”

康廷出生于柏林，七岁开始练田径，十二岁进入当地著名田径运动学校，他经常参加比赛，屡获冠军。高中毕业后，康廷参军。

“我一直想成为一名军人。”

三个月军事化训练后，康廷开始觉得无聊乏味，而且由于长期训练田径，他的小腿骨头受了伤。

“有一天，长官来我的房间，他大发雷霆，问我在做什么。我说学土耳其语。他看着我就像是看着一个外星人。”康廷臂膀上的肌肉起起伏伏，总是会将人的注意力抓走。

年轻就是折腾，康廷在成为“健身撕裂狂人”前，尝试过许多事情。硕士毕业后，康廷加入一家互联网公司。那半年，他住在租来的公寓寝室中。

“公寓很丑很小，只有三平方米，”康廷抬手比画了一下，“基本上是从这堵墙到玻璃柜的距离。”

此刻，我们坐在UPLI训练营门口的沙发上，康廷从背包中拿出盒饭，里面是他做的健身营养餐。一小时后，康

廷要开始训练，在学员到达前，他要尽快吃完晚饭。

“一张床，一个冰箱，一张桌子，还有洗澡的地儿。”康廷看着我，“那根本不是一间屋子，倒像是牢房。”

“每次我通过小方格窗户往外看，都能看到一个拾荒人在垃圾堆里捡易拉罐和酒瓶，把这些东西卖了能赚钱，比中国卖得贵。”他禁不住笑了笑，脸颊露出酒窝。

“当时有许多学语言的中国留学生住在这栋公寓里，因为价格便宜。我们住在同一栋楼中，我每天都做饭，所以总能在厨房见到他们。没想到竟然有一天我能跟中国人聊天，”康廷笑了笑，“那时我二十三岁。”

康廷十五岁时去一家中餐馆吃饭，离开时店员和他说“再见”，当时康廷并未意识到那是中文，当然，他也不会想到自己将来会在中国工作和生活。

在校期间康廷曾在纽约实习两个月，那时他意识到，纽约就是他想要停留的地方，但他还想学习其他语言，想去别的国家看看。

“所以我开始学习阿拉伯语。但我又一想，在柏林并没有很多阿拉伯人，即使我不会讲阿拉伯语，他们多半也会讲德语，所以在我看来，会阿拉伯语也没有多大意义。”康廷一边吃着鸡胸肉一边说道。

“于是我就想，世界上最难学的语言是什么？汉语。

德国人并不了解中国和中文，如果我来中国，那我这段经历就是非常珍贵的。所以，我的计划是在中国学习一年中文，至少达到可以交流的程度。”

北京的日子

“我不想学习有口音的中文。在北京，我发现人人都说普通话。”

康廷只身一人来北京，预定了一个月的中文课程，他用流利的汉语强调了“口音”两个字，然后补充道：“因为在德国某些地区学习德语的人会带着奇怪的口音。”

来到北京，康廷没有住处，一位朋友邀请他去家里住。

“但是他跟父母住在一起。我问他我要是住他的房间，他去哪里住，他说他跟他妈住。”康廷说着，笑了起来，“我朋友已经二十三岁了。”

这时，一个扎着小辫的、个子高高的男人拎着包进了健身房，将包锁进衣柜，径直走向跑步机。

“然后我问他，那你爸睡哪儿啊，他说他爸通常睡客厅的沙发。”

康廷最初在青年旅馆与三个在北京旅行的美国背包客共住一间房。我想起几年前自己在瑞士做背包客的经历，那时6月，我还穿着碎花连衣裙，脚踩罗马凉鞋，与朋友们住在一家青年旅馆，与四个外国人共住一间房。第一天晚上，我在公共浴室洗完澡后发现自己忘记拿浴巾了，用了十来分钟把自己晾干后才换上衣服回到房间。最后一天离开时，我把一双最喜欢的黑色运动鞋忘在了旅馆，以至于从瑞士回比利时后心心念念了很久。

“房间不大，从这头到门口的距离，”康廷张开双臂比画着，“我们住的是上下铺的床。”

因为不知道要在旅馆住多久，康廷预订了两周的客房，有时要在不同的房间之间搬来搬去。康廷一共搬了十次，有时候睡在三人间，有时候睡在十人间。就这样，康廷在青年旅馆住了五个月。

很多“北漂”的年轻人都有蜗居经历：住在没有窗户的密闭空间或地下室，吃饭、睡觉、办公都在一张窄窄的床上；房间角落里堆满日常用品、衣服、杂物，走廊中阴暗潮湿，异味四起。其实，不止中国，在日本，以东京为中心，住在仅四五平方米的无任何消防措施的廉价房里的刚毕业的大学生大有人在。

在许多人的眼中，“北漂”带着漂泊的沧桑与无奈。但我不喜欢“北漂”这个词，想想当初，这不是自己的选择吗？不是为了能在一个相对公平的环境中实现自己的梦想吗？只不过这个过程是艰辛的，但所有这一切都是心甘情愿的，为了五十年、六十年后，能对自己、对后代说一句“不悔”。

只不过，这样的生活只适合年轻人，因为他们能用青春搏一场豪赌。或许未来某天，当你摘下老花镜，从书页上抬眼，看着城市的变化，会怀念自己住过的逼仄空间，怀念每晚熄灯前阅读的几页小说和昏暗中骤然而降的隔壁的鼾声。做出了选择，不问成败，不枉此生。

“北京的一切都很有意思，我每天都在学习中文。青年旅馆的年轻人每天都在厨房做饭，有些人喜欢在菜里放辣椒，特别辣。我坐在一张小桌子旁，跟他们练习口语。但他们中不少都是外地人，讲的普通话有口音。”

康廷先后在一家私立学校、北京邮电大学、北二外学习中文，靠着积蓄维持了一年的时间。之后，康廷回到德国，创建了一家开发手机应用软件的公司；六个月后，公司经营遭遇困境，康廷又回到了中国。起初康廷在一家外企实习，兼做私人健身教练，后来开办了一家健身馆。

健身狂人

“健身一直是我的爱好，我在军营时，每天在房间训练，我的身体非常健壮。”

康廷少年时清秀瘦弱，因个头矮小、体质虚弱，常被高年级学长欺凌，他下定决心要变强壮。当时他意识到练习举重可以增强体质，便从田径类运动转练举重。十五岁时康廷开始练习健美，十七岁参加健美比赛，并荣获BSA（The Boy Scouts of America，美国童子军）教练证。大学在校期间，康廷曾指导数百名同学进行有效的训练及饮食搭配，取得了优异成果。

“健身是一种生活状态。可以帮助你规划自己的生活，这对我来说，是最重要的。

“上学时压力很大，健身让我的生活变得有规律——什么时候起床、吃饭、喝水，都是有讲究的。健身也让我更好地生活、思考。大汗淋漓之后，你会忘记所有的不快，而自己会变得越来越好，越发强壮。”

康廷参加过许多健美比赛，分别荣获2004年及2005年东德健美比赛第二名和第三名、2016年西安康比特阳光教练大赛八十公斤级冠军及全场冠军、2016第八届康比特全国阳光教练大赛总决赛八十公斤级冠军及总决赛全场冠军。

“健身时受过伤吗？”

“十八岁训练时，有次做引体向上伤到了颈椎，好长时间脖子不能动。还有一次受伤是我自讨苦吃。那时年轻气盛，在健身房练举重时遇到一个俄罗斯男人，他说我可以加重，我也觉得自己应该可以做到。在他的怂恿下，加了二十六公斤，最后伤到了肌肉。”康廷在优酷、美拍、微博平台上上传的关于健身及饮食的视频颇受欢迎。2016年，康廷创办了中国第一家采用西方训练系统结合饮食搭配的专业减脂塑型训练营——UPLI训练营。“UP”取自英文，代表“提高，加速，变好，更高，更强”，“LI”取自中文“力”的发音，代表“力量，能力”。训练营旨在让每个人变得更好。

一年前，康廷的训练营只有两三个学员，现在UPLI的运营已经走上正轨，他想再开第二家健身馆。

“对许多人来说，坚持健身很难。很多人口中的各种理由，在我看来都是借口。因为他们在犯懒的时候，我在变得更好。”

Stefan Schmid

舒迪凡

维也纳绅士

“在中东待了快十年，是时候看看不同的东西了。”舒迪凡说。

“为什么喜欢在酒店行业工作？”我问道。舒迪凡一生只从事一个行业，若不是热爱，不会坚持这么久。

“问得好，”舒迪凡笑着说，“因为我没学过其他东西。”

舒迪凡在酒店有一份令人羡慕的工作，过着许多人梦想中生活。他曾在不同的国家工作，体验过不同的生活。他从基层做起，用二十多年时间达到事业顶峰，现任北京一家希尔顿酒店的总经理。

“大学时学习什么专业？”我歪头看着舒迪凡，他穿一套灰色西装，光洁笔挺，搭配浅粉色衬衫。事实上，我还从未见过他不穿西装的样子。

“我没上过大学。”舒迪凡看着我的眼睛。

作为希尔顿酒店的总经理，舒迪凡周一至周五早上6点半到7点半起床，晚上11点左右睡觉。这或许是最健康的作息时间了。

“你年轻时学过什么？”我冲他狡黠地一笑，舒迪凡也笑了起来，露出整齐的牙齿。

“我读的是酒店学校。”舒迪凡十七岁从酒店学校毕业后即开始工作。

“未成年？”

“在奥地利十五岁就可以开始工作，”他继续说道，“我有个亲戚经营着一家旅馆，可以用餐。我从小在旅馆玩耍，耳濡目染，对酒店经营很感兴趣。”

约翰内斯堡

北纬26度12分，东经28度2分。

十九岁时，舒迪凡去了南非约翰内斯堡，在当桑顿太阳酒店工作一年。说到南非，很难不联想到广阔的非洲草原，直通天际的公路两旁不时可以看到奔跑的羚羊、缓行的象群、穿过公路的斑马及藏在草丛中的狮子。然而，南非不只是野生动物乐园，也有电影《血钻》中展现的那种残酷：一颗钻石可以成就也可以毁灭一个人的生活，与这里蓝天白云的安宁祥和形成强烈对比。

“那是我一生中最美的时光。”他的声音沉静了下来。

这时，西装革履的服务生走了过来，将菜单拿给我与舒迪凡，舒迪凡并没有看，直接点了餐。

“那时年轻，愚蠢，有数不清的派对。”舒迪凡看着我，我将餐巾铺在腿上。

“干过什么愚蠢的事情？”

“不适合在你这本书里出现的愚蠢的事情。”舒迪凡笑起来时，像憋红了脸的奥地利少年。

“你想来一点儿吗？”餐上桌，我点了服务生推荐的菜品。

“一小块，”舒迪凡笑着，随即对服务生说，“再上一个盘子。”

“那时候我经常值晚班，白天很无聊，我问我上司能不能学些其他东西，他说可以。于是我学习了酒店各部门的运营管理。”舒迪凡引开了话题。

“在南非，平时有什么娱乐活动？”

“有很多派对。”

“什么样的派对？”

“这要被写进去吗？”舒迪凡笑着瞥了我一眼，嘴角上扬，我耸耸肩，他继续说道，“我们每天在不同的地方聚会，公寓、别墅，都有聚会。我的朋友都喜欢到我的公寓里来聚会，因为我家有酒。有一次我们一起做饭，着火了，半个厨房被烧没了。”

迪拜与开罗

北纬25度16.8分，东经55度20分。

1996年，即三年之后，舒迪凡晋升为大堂副经理，在迪拜迪尔拉喜来登酒店任职。

“那时候，我印象中的迪拜像是一个小村庄。”他说。

像很多城市一样，如里斯本，迪拜可划分为老城和新城。老城建筑风格以传统阿拉伯建筑为主，楼房低矮方正，中国城即位于老城；新城布满高端商圈，包括写字楼、高层公寓及商场。

“当时的酒店距离城区远，出去吃饭时，能见到很多同事，什么级别的都有，你可以跟酒店任何一个级别的人喝杯小酒。生活很惬意。”舒迪凡说。

在南非工作时舒迪凡很年轻，在酒店中级别不高，工资也不高；当舒迪凡在迪拜工作时，薪水涨了些。

“虽然也没有那么多，但我可以开车去探索更多的地方。”舒迪凡说道。

“去更多的派对？”我问道。

“是的，”他点点头，“可以去酒吧，去私人沙滩烧烤。晚上11点，海滩会有烟火，持续45分钟。”

舒迪凡经常被赞助商邀请去参加各种活动，聚会则更加私人，规模更大。“不过，迪拜沙尘比较厉害，桌子一天不擦就落灰。”他笑了笑。

舒迪凡对不同环境有很强的适应性，乐于发现生活的美好，体验不同的东西。

“每次去一家新的酒店，你会遇见新的人、新的环境。”他说道。

“需要学习很多不同的习俗吗？”

“这是基本的。但有一条放之四海皆准：如果你尊重别人，别人也会尊重你。”舒迪凡说完，用叉子撩起杯里的酱，转头冲服务生说：“杰森，这料太稀了。”

杰森站在舒迪凡身边听他训话，随即将料端走。

“我对员工要求严格。我指出他们工作中的失误，让他们有机会提升自己。”舒迪凡说道，“为他们指出错误后，如果他们继续犯错误，那就是不够聪明。如果他们一而再、再而三犯错，就是愚蠢，应该被解雇。”

“作为酒店管理人，你有没有解雇过员工？”这时，杰森将重新加工后的料端了上来，舒迪凡用叉子搅了一下，点点头，杰森转身离开，在不远处的空桌边站着，不时地审视整个餐厅。

“我从来没有因为他们犯错而解雇他们。但我不能接受欺骗和偷窃。比如与钱有关的事。如果员工欺骗或偷窃，就会影响其他员工，影响公司的运营和形象，那只能解雇他们了。”

“有没有这样的例子？”

“在所有我工作过的国家都存在，”舒迪凡点点头，继续说道，“在一家五星级酒店管理四五百名员工，要对每个人负责，但你无法保证这不会发生。”

北纬26度50分，东经59度26分。

1998年，舒迪凡于索马湾喜来登度假酒店工作，任职餐饮部经理。舒迪凡工作的地方都是度假胜地。索马湾是埃及红海省的一座奢华度假城市，全年阳光充沛、温度宜人，被海水环绕。

“我每晚都跟厨师出去喝点儿小酒，”舒迪凡说，“我去酒吧时喜欢观察别人，观察人的一举一动。”

作为顶尖服务行业，酒店行业确实需要工作人员眼观六路。他继续说道：“我总能抓住关键的细节，并在第一时间指出问题来。我喜欢问问题。”

在一个行业勤勤恳恳地工作了二十多年，舒迪凡已经成为酒店行业的专家，他看着在不同桌前上餐的服务生，说：“他们每天关灯开灯、接待客人，有很多细节需要注意。我喜欢问些能帮助他们获得答案的问题。”

“其实你在休息的时候想的也是工作。”我说。

“日子过得飞快。人们忘记了不好的事情，记住了美好的瞬间。”舒迪凡笑了笑，“我不太会讲故事。”

“用中文吗？”我笑了。

“法语，”舒迪凡紧接着说道，“我不喜欢法语。”

“为什么？人人都觉得法语是最美丽的语言。”

“因为那是法语。”舒迪凡话音落了三秒钟，我竟无法对答。舒迪凡一定很擅长讲冷笑话。

“不过我确实不擅长学习语言。”舒迪凡说道。

对有些人而言，学习语言是种乐趣，比如电影《美食祈祷和恋爱》或《托斯卡纳艳阳下》的女主人公，婚姻失败后来到一个全新的国家，学习语言是必然的，尤其是当她们的职业是作家时。

“似乎你的生活就是阳光、海滩、马提尼（酒）。”我说道。

“不尽然。当时员工公寓没有建好，我一共搬家十四次，从酒店到公寓，从公寓到酒店，”舒迪凡说，“每隔三四周，我们就要搬家。”

1999年，舒迪凡在迪拜艾美酒店任餐饮部经理。翌年开始在开罗的希尔顿尼罗酒店工作，任餐饮部经理。

“2000年9月，我到开罗工作。”舒迪凡继续说道，“为世界上最好的酒店集团工作，直到现在也是。”

服务生将一瓶葡萄酒拿到我面前，是来自奥地利维也纳的葡萄酒绿斐特丽娜（Wieninger Grüner Veltliner）。瓶身标着“Wieninger”（威宁格酒庄）字样，此酒庄有一百多年的历史，出产高品质的白葡萄酒及黑皮诺葡萄酒。

我点点头，服务生为我和舒迪凡倒上了酒。

“我在顶级的希尔顿酒店集团工作了十六年。”舒迪凡言语中洋溢着自豪。

当地人思想开放，许多来自不同国家的人在此聚集，社交生活丰富，舒迪凡仍与当地朋友保持着联系。

“现代社交媒体让沟通变得简单，”舒迪凡饮酒很快，不一会儿一杯下肚，“以前我们经常写信、寄明信片。”

2002年，舒迪凡调任阿曼塞拉莱希尔顿酒店餐饮部经理，两年后，晋升为迪拜朱美拉希尔顿酒店运营总监。迪拜对舒迪凡具有特别的意义，他多次回到这里，而女儿伊莎贝拉也是在这里出生的。

“我的妻子一直跟随着我，除了在阿曼的时候，”舒迪凡说这话时，脸上挂着笑容，“那时她在迪拜，我在阿曼。”

自从来到中国，舒迪凡的妻子就不再工作了。有多少女人梦想成为全职太太，不用朝九晚五挤地铁，不用写周报、月报、季度报告和年度总结，不用像男人一样在弱肉强食的职场厮杀；每天喝喝下午茶，逛逛街，唠叨唠叨家庭琐事，谈谈新一季的美剧……

“你们一定很相爱。”我说。

“爱或被爱，是两个人共同的事。能否走下去，取决于两个人想要什么、怎样规划未来，以及你们各自所期待的、想要的是不是彼此能给的。”舒迪凡说。

“北京有许多全职太太，每天在家看孩子，没事逛逛‘新光天地’。”我说。

“她不怎么花钱，管理家里大大小小的事情非常有条理，照顾着整个家庭。”舒迪凡一脸自豪与爱意，“在希尔顿，我是管理者；在家，她是老大。”

这时，服务生来问询餐品与葡萄酒怎么样，我点点头，冲他笑了笑。

“你现在喝的酒好不好，如果不问，就不知道，就不能提高。”舒迪凡说。

我不是一个嗜酒之徒，唯葡萄酒、香槟和比利时林德曼啤酒可以让我一醉方休。我抿了一口葡萄酒，听舒迪凡道来。因为跟他认识三年了，所以采访时更像是在与朋友谈天，只不过这一次，我们谈得比以往更深入。

“有一次，我们的一位客人摔倒了，之后我问处理此事的负责人有没有问客人受伤了没有，他说没有。我问他为什么没有，因为这是他最应关心的问题。”

“这也涉及经验。”我说。舒迪凡点点头，他的脖子也有些红了。

“你会给员工专门做培训吗？”我继续问道。

“我每天都在用细节与问题挑战他们的专业，只不过在他们看来有消极与积极之分。”他说。

在中国

北纬39度55分，东经116度23分。

2006年，舒迪凡调任上海希尔顿酒店运营总监。三年后在希尔顿逸林酒店及度假村（青岛、沈阳）任总经理。2011年5月，在北京希尔顿逸林酒店及度假村任总经理。2013年8月至今，任北京希尔顿酒店总经理。

“我想成为一名党员。”舒迪凡冷不丁冒出一句。

我睁大眼睛看着他，他的表情竟是严肃的：“那对我意味着过条理性强的生活，比如，我会制定五年、十年计划。”

我笑了，不知道他是否真的在说笑。

“我喜欢与年轻人在一起，”舒迪凡看着进餐厅的三个年轻人，嘬一口葡萄酒，继续道，“他们总是充满活力，有新的想法，有行动力。

“菜还合胃口吗？”

“不错啊，我更喜欢跟朋友分享我喜欢的东西。”我说。跟舒迪凡聊天就像是在中东、东欧或南美旅行，你永远不知道自己会遇见什么人，会发生什么事，但是你知道，内心那股子信念的指引一直都在。

“正是此意。如果你不喜欢，就会想分给别人赶快解决掉。”舒迪凡笑着冲我眨眼睛，他的脸因笑容或是饮酒而泛起红晕。

“那样的话我就全部给你。”我笑着说。

此时，杰森前来问询是否需要甜点，我摇摇头，表示已经酒足饭饱。

“不吃甜点？”舒迪凡边喝葡萄酒边转头看着我，他停顿片刻，笑了笑，“你已经是个甜姐了。”

“你刚刚的话像是水果硬糖，甜掉牙了。”我笑了笑。

“那我希望这硬糖足够甜。”舒迪凡说自己不擅长学习语言，但是将现已掌握的语言运用到此程度，也算欣慰。

“即使是现在，如果我的上司问我问题而我答不上来，我会特别恼火，因为有些东西我不知道。”我们继续刚刚的话题，舒迪凡看了眼正在工作的年轻员工说道，“而他们恼火，是因为我总是问他们问题。”

员工越发年轻化，虽然忙忙碌碌，但这仅仅是为了生存，还是为了把酒店作为一项事业来追求，很难定义。

“每个行业都是这样，有些人即使没有掌握足够的行业知识及经验，也会被提拔。在我们那个年代，一家国际五星级酒店，除非在那个职位上的人去世，否则很难像现在一样提拔下面的人。我就曾经在一个岗位上工作好多年。如果你没有足够的知识及经验储备，当一家新酒店成立时，你就不会被选去做负责人。”

“而现在，有人三十五岁就可以成为一家酒店的总经理，”舒迪凡说，“时代变了，许多事情也变了。

“即使这样，没有人可以将这个位置从我手中拿走，也几乎没有人可以挑战我的权威。我的经验是我的优势，这就是我之所以可以挑战他们的原因。因为这是我确定的事情，也是我一直在做的、擅长的事情。”

“你一辈子都在酒店行业，这是你唯一的一项事业。”我说。

“已足够。”舒迪凡说道，眉宇间透着骄傲。

“如果让你选择酒店行业之外的行业，你会做什么？”

“股票经纪人，”舒迪凡的回答让我惊讶不已，“炒股是我的爱好，我一直在做。”

“赚钱吗？”

“这是与钱打交道。我将不用的钱拿去投资，若暂时没有收益，我也会让它们在里面放着，不论五年还是十年。”舒迪凡补充道，“我从二十岁时就开始看股票走势图了，在报纸上。”

维也纳绅士

“我从奥地利维也纳一家裁缝店定制西装。”舒迪凡说道。

很少有男人将西装穿得好看，非得有宽厚的肩膀和胸膛、高大的身材、俊秀的脸庞，才能与西装合而为一，才不像是小孩子偷穿大人的衣服。

“我一般会选择多种不同的面料、不同的颜色；”舒迪凡低头看了眼自己的西装，“但衬衫都差不多，在家里的衣柜中，我有可以换着穿四个星期的衬衫款式。”

我看着舒迪凡，他歪头想了想，继续说道：“不止四周。从白色衬衫到深蓝色衬衫，从Polo衫到运动衫，各种颜色都有。不过我对颜色没什么特别的偏好。”

不知为何，我突然想象起舒迪凡的妻子在家整理衣柜、熨烫衬衫的情形。若不是爱，不会一个在世界奔走，一个在身后追随；若不是爱，不会一个在执掌整个北京希尔顿酒店的运营，一个在家中打理衣食住行的寻常琐事。

此刻，我注意到舒迪凡西装袖口的别针，是一个“福”字，他看着我说道：“这是我在上海一家店淘来的。”

“你现在的生活看上去很完美。”我说。

“许多人要得太多，这取决于个人的选择。而且没有什么是完美的，每个人都有自己的烦恼。”舒迪凡说道，

“我的女儿伊莎贝拉有一天跟我说，爸，我在一所学校待了五年，我想做出些改变。”

伊莎贝拉是舒迪凡唯一的孩子，而舒迪凡也是家里的独子。伊莎贝拉未来会去英国寄宿学校读书，并已递交申请。

“这是她的生活，她想离开，我尊重她的选择。”舒迪凡眼神温柔，透着一个父亲对女儿的宠溺。

“你打算什么时候离开？”我问道。

“我不知道，”他说，“当我离开的时候。”

“如果让你选择的话，你会选择哪个国家？”

“没有哪个国家是完美的。”他说，“北京有雾霾时，我一般会在家里待着，天气好时，我会早早出去耍。”

“怎么耍？”我问道。这时，餐厅播放的一首钢琴曲，让我想起朱迪·霍利德与杰克·莱蒙于1954年主演的黑白电影《欢喜冤家》：每一桌用餐的人都各怀心事地演绎着一个故事。

“比如与你共进晚餐。”舒迪凡说完，自己先笑了起来，“我会跟家人在一起出游，或是去健身房，或是早早出去骑单车。”

舒迪凡喜欢每天下班选择跟上班不同的道路回家，看城市的变化。周末时，整个城市在睡梦中，到上午八九点才开始苏醒，他骑着单车在街道中穿梭。

“我从来不会在我不喜欢的地方待着。”舒迪凡又将话题绕了回去。一顿晚餐的光景，舒迪凡已带我在欧亚大陆游走一遭。我啜着奥地利葡萄酒，似乎已躺在酒庄的葡萄园中，眯看着太阳，打起了瞌睡。

Miranda Vukasovic

米兰达

光辐射

Miranda Vukasovic（米兰达·武卡索维奇），她的名字本身就有不同的定义，在西班牙语中，“mirar”意为看、欣赏，“andar”意为离开，合起来即构成“过客”的含意。

过客，完美诠释了米兰达的人生轨迹。她来自克罗地亚萨格勒布，2001年毕业于Blagoje Bersa音乐学院的音乐理论专业。米兰达曾在意大利生活七年，并获得米兰理工大学设计专业硕士学位。后来，她先后游历了里约热内卢、巴黎，伦敦等城市，并在墨西哥获得城市转型和城市规划专业硕士学位。来北京前，米兰达在纽约工作，当她接到中国的工作邀请时，欣然至此。

“起初我只想在中国待一年，现在却已过了六个年头。”米兰达面露微笑，“我喜欢在不同国家生活，不是像游客一样走马观花，而是深入每个城市去体验，学习当地的语言。”

“你可以讲当地的语言？”

“对，没中文那么难。”她笑了，“我也喜欢听当地音乐。我非常喜欢中国，虽然中国人总是喜欢做一些欧洲人不常做的事情。”

“比如？”

“中国人喜欢自拍。”米兰达笑着说。

“我做建筑设计师十年，”米兰达说话时，从未停止过她的笑容，“我做过相关的室内设计、产品设计、家具设计，商务、公共关系等。”

摇滚

“其实，我一直梦想做音乐和演出。”米兰达眼中放光。为了音乐，她把全职工作辞掉，在多玛尼家居公司兼职做设计，要专心做一年音乐，写歌、出专辑。

“为什么起初不学习音乐呢？”我问道。如果这么喜欢，明知道兜兜转转还是会选择音乐，从一开始，或许就应该选择音乐。

“我想学百老汇音乐剧，但克罗地亚是个很小的国家，我们没有大学开设类似的专业；去美国的话，我父母没有足够的钱送我去读书。”米兰达笑着看着我的眼睛，身子前倾，双臂交叠放在桌上。

“但我获得了意大利一所大学的奖学金，于是决定去意大利。我想旅行，去看看这个世界，”米兰达打着手势，她右手食指戴着自己设计的黑色戒指，“尤其是当我年轻的时候。”

“你仍然年轻。”

“我三十四岁了。”

“不可能。”我想，如果一个人眼含流光，心怀世界，或许没有什么能阻挡他永远青春，永远在路上。

“你看上去也就二十五六的样子。”我话音刚落，米兰达大笑着握住了我的手。

“我很擅长画画。我身边的人说我不擅长唱歌，但我真的很喜欢音乐。”米兰达说，“我在北京找到一名声乐老师，花了三个月的时间学习。老师鼓励我去唱歌。起初我很害怕，怕自己唱不好，怕他们不喜欢我。”

因为声音特质，米兰达开始唱蓝调和摇滚。她转头看了看老书虫书店的顾客，有的在写东西，有的戴着耳机，便张大嘴压低嗓音唱了一句。

“我起初跟其他乐队一起演出，2015年组建了自己的光辐射乐队‘The Radiance’。由紫禁城工作室制作的第一张专辑已于2016年10月发行。我们还在蒙古的音乐节演出过。”

“什么时候？”

“今年夏天。”

“你是指2016年夏天？”

“对。我很享受在舞台上的感觉。许多人劝我不要做音乐，因为我不是那么优秀。但是没有音乐，我不知道该怎么生活下去，所以我下定决心做音乐。这代表了自由。”

当米兰达将“自由”说出口时，我的心为之一颤。她继续说道：“我希望来看我演出的人能感受到自由和启发，同时反观自己，追求自己喜欢做的事情。因为没有人可以告诉你，你不可以做什么。

“或许一开始，我没那么好，但是一年之后、两年之后，我会慢慢进步。所以你一直都可以做自己想做的事情。最重要的是，我希望给人们以自由的感受。这可以给我信心和力量。”

米兰达将落在额前的发丝别在耳后，双手一摊：“有时候我会突然觉得我做得不够好，或是想去看其他歌手的演出，我会觉得自己很愚蠢，唱得太差劲了。但是慢慢地，我演出之后，会有观众来找我，说喜欢我的音乐，认为我很与众不同，感谢我的演出。这所有的一切会让我更加自信，让我在追求音乐的道路上更加努力。”

“你的第一场演出是什么样的？”

“我第一场演出——”说完，米兰达就笑了起来，弯着身子，一手抓着头发，一手抚着额头，“有点儿疯狂，”她大笑着说，“我不想上台，觉得好害怕，我开始跳舞，台下的人也开始跟着我跳舞。我时不时来几声尖叫。”

我看着米兰达，似乎可以想象出当时她疯狂的样子：个子高挑，身材瘦削，头发乱蓬蓬的，米兰达在台上跳着、叫着、唱着，出人意料的舞台效果即现。

“创作的灵感来源于什么？”

“我写的歌都与我的生活有关。”

“作为女歌手，写歌的内容有什么侧重吗？”

“生活中女人会遇到各种困境，但总是能通过自身的韧劲儿和忍耐力走出来，变得强大。我会将这种具有强烈情感的情绪写进歌里。生命短暂脆弱，每个人都会死去，梦想不可或缺。我们常常需要依赖一些外界的元素给予我们安全感，比如一个男朋友、一栋房子。但是我们不可能永远依附于此，这些都会离你而去。你以为你紧紧抓住了，但其实却是被生活远远抛在后面。这让我意识到，我要学会放手，去体验新东西。

“我还会将网络对我们的改变写进歌里。我有一首歌讲述了科技如何影响人与人之间的交流。科技加速了生活节奏。我们每天都要在社交媒体上晒照片晒文字，若非如此，我们会被遗忘。现实生活与虚拟生活的纽带很脆弱。很早以前，朋友还经常见面聊天，现在走在街上，人们大多低头看着手机。人情味越来越淡，人们变得越来越像机器。我们变得更孤独了，即使我们一直在不停地打电话、发信息、更新状态。”

“你喜欢什么类型的音乐？”

“摇滚、爵士、探戈、法朵，还有古巴音乐、古典音乐。

我喜欢许多类型的音乐。我曾经学过十年的古典钢琴。”

米兰达的音乐混合了古典、摇滚、蓝调风格，有时会有黑人音乐的元素。这是她对音乐的思考方式，也是她最初接触音乐时受到的影响。

“你最喜欢的歌手是谁？”

“如果让我见一个女歌手，我会选择妮娜·西蒙；”米兰达说，“如果见一个男歌手，（我的选择）是皇后乐队的主唱弗雷迪·莫库里。我还喜欢艾米·怀恩豪斯。”

米兰达通过视觉艺术进行表演，她曾与不同的艺术家一起在东景缘酒店演出，唱自己编写的曲子。

“当人们来看我的表演时，希望他们能感受到我的情绪，也能感受到自己情绪的变化。”

米兰达的第一张专辑收听下载前三名的国家分别是美国、中国、墨西哥，其次是荷兰、冰岛、澳大利亚、南非。

“现在你是一个摇滚明星了。”我笑着说。

“我希望能以此为生。我坚信。”

任何一个从事艺术行业的人都希望能凭借自己的作品谋生，尽管他们自己也知道实现的难度，但越是这样，才越显示了艺术的可贵。

“有时候，我觉得自己迷失了，”米兰达说，“但是我跟自己说，要做创意，这是必须要经历的，是不可被替代的。”

“总有一段时间，你需要自己去完成一件事情，尽管那意味着孤独。”我说。

“在探索的过程中，我也犯了许多错误，走了许多弯路，但有许多朋友帮助我，比如我的意大利律师朋友。

“有一家克罗地亚唱片公司对我的音乐有兴趣，想做全球发行。我的梦想是与美国唱片公司签约。现在我在准备第二张专辑，写的是关于爱情的曲子。”

“像霉霉（美国歌首泰勒·斯威夫特）？每次都把前男友写进歌里？”我笑着问道。

“是啊。我已经写了一首，关于我的墨西哥籍前男友。当时我跟他大吵一架，他让我最好赶紧搬走，我说我不走，这是我的公寓。这时他掏出来一把枪，我不知道他有枪。他说：‘我有枪，如果你不走，我就毙了你。’”

“你们住在一起吗？”

“对，我跟他住在一起两年，竟然不知道他藏了把枪。我非常生气，即使是许多年后，我也会非常生气。当时我立即搬了出来，我们再也没有见面。所以我决心写一首歌，曲子最后，我把他杀了，作为报复。”

“很酷。”我笑着说。

“现在我在写一些爱情曲子，因为我刚结束一段恋情。”米兰达说道。

“如果对未来的规划没有达成一致，是很难继续走下去的。”我说。

“你们分开多久了？”

“一个多月。”米兰达忍不住笑了起来，“我已经写了三首歌了。”

有位在中国的澳大利亚音乐制作人史蒂夫·布兰奎（Steve Blaque）看过米兰达的演出，非常喜欢她的声音。目前，他们在进行专辑制作。

“最近他的健康出现了问题，所以我们是在医院录制的第二张专辑。”米兰达笑着说。

“在病房吗？”

“对。每次医生来时我都在唱歌，”米兰达“啦啦”地哼唱了几句，“但即使在这样的环境下，我也要保持声音的纯粹。”

珠宝设计

有一群人，他们在自己从事的行业出类拔萃，又转而去寻求更本源、更深层次的塑造。艺术是相通的，由于舞台演出的需要，2016年米兰达开始设计与自己同名的珠宝。

“起初，我想创造一个新名字，但设计师应该拥有印着自己名字的品牌。”米兰达说道。

“建筑设计的经历对你的珠宝设计有没有启发？”

“我在设计珠宝时想要将建筑设计中的体积感与空间感融合进去，用它们来演绎充实感与存在感。”米兰达从背包里拿出形似糖三角的黑色三角包，拉开中间的拉链，拿出自己设计的金色耳环、戒指、手镯和项圈，说：“你可以看到珠宝的线条，也能感受到它的空间感，就像是一栋建筑物。”

“采用了什么材质？”我问道。米兰达的设计体现了时尚的高级感。

“玫瑰金。”米兰达将方形耳环立在桌上，看着自己亲手设计的珠宝，笑着说，“像是高耸入云的摩天大楼。”

我用手触摸着细细的线条，像是可以将它蕴含的整个空间抓在手中，无形总归有形。

“这是手镯？”我拿起一个正方形的手镯。

“是的，”米兰达将一枚黑色戒指戴在手上，戒指表面起伏的斜面像极了《摩登城市》中的超现实主义建筑，“但不是所有人都能接受，它的造型很夸张。”

米兰达将形似中央电视塔的耳环戴在右耳，这样的耳环，只戴一边会更具时尚与科技感。

MIRANDA VUKASOVIC

“这些珠宝是在哪里做的？”

“有的是在意大利，有的是我自己手工制作的。这些都是样品。”

“可以在店铺里找到这些珠宝吗？”我的注意力被一个项圈吸引了，米兰达让我试戴；我将项圈戴上，项圈贴合着颈部曲线，似乎每个女人都可以拥有天鹅颈。

“已经在跟北京、香港、纽约的合作方洽谈。”米兰达说，“起初，要做自己的品牌是很难的，在真正盈利之前，你要存钱支持品牌存活下去，同时也要兼顾这其中的风险。”

米兰达的珠宝在2017年的上海时装周ONTIMESHOW（走秀）中得到充分展示。

“我喜欢做创意，喜欢设计，”米兰达说，“但这些事情都需要我自己来完成。有时候我会觉得自己很蠢：为什么要这么折腾自己？但是转机来到的那一刻是非常美妙的，所以我知道我要坚强。”

米兰达的家具及灯饰设计，也从珠宝设计中得到启迪，具清冷的金属质感和火热的内在吸引力，集实用、观赏及时尚性于一体，实现了传统与现代的碰撞，体现了时间性、空间感及人性化，在生活日常中浸透着简约的、可触摸的性感。

自由

“在舞台上，我觉得自己是自由的。我想用音乐、用我的身体与人们交谈。”米兰达说道。

“你有没有想过，一开始如果选择了音乐而非建筑，现在会是什么样子？”

“会比现在更好。”米兰达说，“我现在在参与一个全球性的项目，发起人是美国人，她从美国、罗马尼亚、立陶宛、保加利亚、日本、沙特、克罗地亚等十二个国家中，每个国家挑选一位女性，由她们每个人写一个章节。我写了五十五页。”

“五十五页？”我笑着问道。

“她（项目发起人）要我缩减一些。”米兰达笑着说，“用英文写的，算是练习。写下这些东西对我来说是很好的总结：关于我在不同国家的经历，关于我是怎样开始做音乐的。”

年轻时在不同国家生活与年长后在世界各地游历的性质与影响大不相同。二十多岁的年纪去看看这个世界，对以后的发展与世界观、价值观的形成有很大帮助；这些经历在未来都是宝贵的回忆，因为不论你在生活中遭遇了怎样的背叛、挫折，跳开周身世俗的小圈子，脚下的路还很长，要看的风景还有很多。这样，曾经受过的伤害也不算伤害，曾经流过的泪也似晨露般蒸发。

“我喜欢阿根廷探戈，曾跟一位阿根廷的老师学习。”米兰达继续说道，“他说，你总是在不同的国家旅行和工作，当你找到你想要的东西，你会发现内心的另一个你，于是你就不会总是不停地去别的地方。”

是啊，当内心笃定，当思想的荒原不再贫瘠，当精神的指引已亮起灯塔，似乎那个遥远的、充满诱惑的远方便不再值得惦念。这样的安静带来的是生活的去焦躁化、去物质化。我们活在世间，我们欢爱在红尘，我们仍是自己最喜欢的那个模样。

“在北京，当我开始做音乐，我便觉得我可以一直待在这里待着，我觉得我是自由的。”米兰达说。

“在北京，你觉得自己是自由的？”

“对。我喜欢北京的环境、北京的机会。比如，一位国际巨星来北京演出，我可能会有机会近距离接触他，在美国和欧洲就没那么容易了。在北京，还有许多成功的年轻人，这在其他国家并不常见。”米兰达说，“当然，我喜欢没有雾霾和交通拥堵的北京。今年或许是我在北京的最后一年，我想将自己的歌推向国际，想做巡回演唱会。之后可能会去纽约发展，我一直喜欢大城市的摩天大楼。即使未来某天我离开北京了，我也会与这里的朋友保持联系。”

“有没有考虑过上海？那儿更加开放，时尚品牌云集。”我问道。

“考虑过，我现在做的音乐更像‘地下音乐’，在上海的话，人们可能更易接受。”米兰达脸上常常挂着笑容，她热爱自由，有时也会多愁善感。

“如果在音乐、建筑和珠宝设计中选，你最喜欢哪一个？”我问道。

“音乐。”米兰达不假思索地说道，“我喜欢歌唱时自由的感觉，用音乐与人交流，感情的流露更直接，我更能感受到这个世界的美好。而做建筑设计需要常年积累才能看到成果，看到人们住在里面。生活是由许多瞬间组成的，在舞台上，我觉得自己能抓住那些瞬间，那些瞬间是可触及的。”

“把握当下。”我说。

“我喜欢做些疯狂的事情，也想要做出改变。”

“改变？”

“我在想，要不要结婚？”米兰达笑了。

“你想结婚安定下来？”我看着她的眼睛，问。

“或许是时候了，因为我身边的朋友一个个都结婚了。

但是他们说，米兰达，你不能结婚，你怎么能结婚呢？你是摇滚歌手！”她的语气平静了下来。

“有一次我回家，告诉我外婆，说我有一个好消息。母亲和外婆非常开心，以为我要结婚了，我说我有了自己的一支摇滚乐队。”

“每个人都有自己的路要走，”我说，“如果你享受目前的状态，就不要受困于传统与流言。”

“是啊。我第一次来北京时，被深深震撼，惊叹于东西方文化的差异。但也有困扰。”米兰达的思维跳跃。

“什么困扰？”

“坐地铁时，人们喜欢拥挤，还没等人下车就开始往里挤。”米兰达说道，“但我知道每个人都有自己的行为方式，我的方式并非就是正确的。”

“*My Way*（《我的方式》）。”我的脑海浮现岩井俊二执导的《燕尾蝶》中，恰拉饰演的固力果演唱时的情景。

“事实上，（*My Way*）这首歌原本是首法文歌。原唱是法国歌手克劳德·弗朗索瓦，被改为英文歌词后由弗兰克·辛纳屈演唱。”米兰达说着，往后捋着蓬松的头发，“生命很短暂，要知道自己想要什么，想成为什么样的人。”

“我做音乐时，从来没有考虑过赚不赚钱。”米兰达身子前倾，我们之间只有二十厘米的距离。我的目光被她眼中的光攫去了。

你是知道的，有些人的笑容会发光，他们的思想会发光，他们整个人都会发光。他们代表了自由，代表了内心被深埋的对未知的渴望，代表了梦想驱使的无极限的行动力。有这么一群人，在物欲横流的世界，固守初心，不为物质所役使，生活对他们意味着无限的可能，他们净化了周遭的能量场，净化了灵魂，他们对自由与信仰的追求永不停歇。

“未来，或许我会因为音乐赚很多钱，但是我不确定，我只知道这是我最想做的情，”米兰达说，“这也是我在北京感受到的。人们追求物质享乐；当然，也有一些纯粹的人，做着与钱无关的事情。还有一些人无偿地帮助我，我也会帮他们，比如跟我合作的摄影师。人生就是一个循环，人们需要互帮互助。”

每个人身边都有那么几个追求自由的异类，当匆匆的行人在谈论融资与投资、大数据和互联网时，当人们谈得热火朝天时，他们的目光会投向窗外：春生万物，空气温润，枝头繁花绽放，半亩方塘草长莺飞……他们的脑海深处有人舞蹈，有人凝视，有人行走云端，有人下潜碧湖，有人信手拨来弦响，有人挥笔泼出明彩。半晌，欢愉归于沉默，他们的笑靥中挂着一滴泪。

“我认为，如果你真的对某件事情有热情，即使它与钱无关，你也愿意去做、去投入，总会有人欣赏你、帮助你；而物质上的回馈，自然而然会在某个时刻到来。”

现在，米兰达专注于音乐和珠宝。待会儿，她要去一家日本料理店见朋友，便特意戴上了自己设计的夸张的耳环。

Cedric Garcia De Migue

塞德里克

勇敢者的黑暗游戏

“我讲西班牙语，不想在欧洲、南美洲的国家生活，因为那对我没什么挑战，我想学习更多新东西，”塞德里克说道，“最后在中国与印尼之间，我选择了中国。”

塞德里克学的是国际贸易，通过克莱蒙费朗高等商业学院的合作项目来到首都经济贸易大学读书。毕业后，塞德里克以其流利的法语、西班牙语和英语，在北京的一家旅行社工作了近两年。

“你喜欢北京吗？”

“喜欢。”塞德里克笑着说，“虽然我在法国的家人会问我是怎么在中国生活下去的。不过，在能够讲一口流利的中文前，我是不会离开中国的。”话音一落，塞德里克笑了。

“那我们可以讲中文吗？”我用中文问道。

“不可以。”塞德里克笑着说。

“我跟七个室友一起住，其中六个人是外国人，唯一的一个中国人可以讲流利的英文。我在北京的大部分朋友都是外国人。”塞德里克继续说道。

“七个人？”我问道，“什么小区？”

“聚龙花园。”

目前，塞德里克住在聚龙花园一套三百多平方米的房子里。我与摄影师迈克到访时，正是初春，两排别墅之间的花园中开着一株黄色的迎春花。

据塞德里克说，这套偌大的房子里住着一对情侣：威廉和格蕾丝，威廉是在广告公司工作的加拿大人，格蕾丝是在使馆工作的英国人。此外，布拉德，来自澳大利亚，博士在读，目前在联合国实习；威廉，英国人，在一家软件技术公司工作；何塞,西班牙籍建筑设计师；亚当，美国籍，教育咨询顾问；妮可，中国籍，在DHL国际快递公司工作。

房间宽敞明亮，装修简单，是浓浓的中式风格。我们把设备放在沙发上，踏着木质楼梯去二楼和三楼参观。二楼右手边一间卧室的门开着，落地窗边放着一张小方桌和一个棉质沙发。三楼是阁楼，阁楼一侧用红色窗帘布遮着，拉开之后是一间很大的房间，采光极好。房间内饰简约，地板上铺着灰色毛毡；右手边摆着一排衣柜，其中一个衣柜半开着门，底部的两排鞋子露了出来。阳台的推拉门开着，阳台右侧放着一架红色的梯子。从三楼的阳台向下望去：一楼院落中摆放着一排长桌，栅栏旁是枯木荣生的花草；院落前方是一个紫藤架长廊，新绿跃上枝头。

穿豆沙色T恤的外国人与一个戴眼镜的中国人面对面坐在一张长桌前，两人面前摆着一本书。戴眼镜的中国人说：“希望下次我们还能见面。”

“希望下次我们还能见面。”穿豆沙色T恤的外国人重复了一遍。

“你平时怎么学中文？”我问。

“我喜欢去公园看老大爷们下象棋，因为他们有大把的空闲时间，也比较有耐心。”塞德里克挠挠头说道。

“你住得离工体这么近，去酒吧夜店很方便。”

“我是住在工体，但很可惜，我不喜欢去夜店。”塞德里克笑着说，坐在了阳台的一把摇椅上。太阳照了进来，塞德里克像老年人一样摇着摇椅，继续说道：“Lantern（酒吧）还比较有意思。我一般去鼓楼，比如DADA、8BIT（酒吧）。”

阳台采光很好，一个穿短裤的外国女人背对着阳台，坐在桌前看着电脑屏幕，她的腿在太阳光下白得发亮。穿一身黑的长头发外国男人走到她跟前，从身后搂住她的肩膀。女人靠着长发男人，两人专注地看着电脑。

“我们能去你的房间看看吗？”我问道。

“不可以。”塞德里克说道，“有些乱。”

“好吧。”我说。

“我房间里有人。”他补充道。

“哦，”我似乎懂了，但还是问了句，“女人吗？”

“对。”他笑着看我。

“女朋友？”我没能扼制住自己的好奇心。

“不是。”他挠挠头，“一个朋友。”

“好吧。”我笑了笑。

Urbex！

“去年，我跟朋友跑去了国盛大厦最顶层，太壮观了！”

“就是这栋吗？”我们走上一段缓坡，我抬头看了一眼矗立在眼前的钢筋水泥大厦。

“对。”塞德里克走在前面，他穿了双黑色的匡威帆布鞋。

塞德里克是“Urbex”的发烧友，来北京后最大的爱好就是探索废弃的建筑物。“Urbex”是英文“Urban Exploration”（城市探险）的缩写，特指进入城市中废弃的建筑物进行摄影、历史研究或探险活动。这些建筑物内部多因施工未完成而废弃老化，或由政府或私人所有，禁止入内。

“一共多少层？”我抬头望了一眼。天色已暗，夜幕合拢，国盛大厦像是一座灰色的巨型碉堡。

“三十五层，”塞德里克回头看着我，“不是那么容易上去的。”

“什么意思？”我看着塞德里克的眼睛，“不是有电梯吗？”

“这是栋废弃的大厦，哪儿来的电梯？”塞德里克看了看我和小野。我和小野面面相觑。小野背着相机，手里还拿着一个三脚架。

“你可以的。”我笑着说。小野没有回答，他笑着抬头看了看国盛大厦，我们继续前行。

水泥地基还在，有的地方积了水，有的地方长着高草。我与摄影师小野在塞德里克的带领下穿过地基，爬上一段陡坡，进入建筑物。钢筋水泥赤裸裸地暴露在外面，我四处看着，塞德里克突然抓住我的衣袖，我停在原地，抬头，一根红色的横杆挡在了我面前。我松了口气。

“你们要当心些。”塞德里克说。

“嘘——”塞德里克回头冲我和小野打了一个手势。

一楼值班室的灯亮着，屋内人影幢幢。我们猫着身子从值班室前溜过。塞德里克打开手机的手电筒，带我们在一楼穿梭。我们在拐角处看到一部破旧的电梯，已经尘封。我不自觉地摇摇头，随塞德里克找到了楼梯。

“我们要开始了哟，”塞德里克率先踏上楼梯，回头冲小野问，“要不要帮你拿东西？”

“不用，谢谢。”小野拽了拽斜背带相机包，拎着三脚架，给了我一个眼神，我先爬上了楼梯。

没爬几层，楼梯被两扇蓝色的铁门封上了，一扇铁门已经弯曲，门面沟槽中挂满了灰尘，铁门后面横竖插了几根钢管。

“上次我来的时候还没有这些。”塞德里克回头看着我和小野。我们三人的影子在墙面拉得老长。

“试下能不能把这门搬开。”塞德里克将手机交给我，我打着光，他双手晃着铁门，但是铁门似乎被紧紧地捆绑着，纹丝不动。

“你们还要上去看吗？”他回头看着我，问道。塞德里克的脸出现在手电筒的光圈中，看上去惨白。

“要上去。”我转头看了看小野，他的额头已经开始冒汗。小野看着我，我问道：“你能上去吗？”

“怎么上去？”小野看了看铁门。

我歪着身子看了看楼梯扶手与铁门之间的缝隙，说：“我觉得可以从那边翻过去。”

塞德里克看了看我指的方向，戴上手套，握住扶手，小心翼翼地踩着台阶翻了进去。他为我打光，我紧随其后。我的手触碰到扶手时，立即感觉到了上面的尘土，这尘土将我手心的汗吸走了。我穿着一双黑色靴子，裹着一件黑色风衣，似乎是专业的夜行装扮。只不过靴子前几天刚刷干净，我预感晚上回家要把靴子重新刷一遍。

我打光，塞德里克将小野递过来的三脚架放在楼梯的角落，小野按我们的路线翻了过来。他穿的黑色外套钩在了铁门上，塞德里克扶着小野的胳膊，小野安全翻过。

随后，我们开始了机械的爬楼梯运动。楼层越高，楼梯拐角处的墙面上出现的红色喷绘越多，比如狮子头。

“BURBEX.ORG.14/01/16，”我禁不住念了出来。

“你是怎么知道这个地方的？”我问道。

“布林，”塞德里克说，“第一次是他带我来这儿的。”

“他是怎么知道这个地方的？”我在高层楼梯口墙面的名字中看到了布林的名字，名字下的日期各不相同。

“他是城市探险狂人，”塞德里克说道，“非常有意思的一个人。”

我们爬到十二层，我肚子开始叫了。下班后没吃晚餐，就与小野匆忙赶往国盛大厦。楼层标识数字下用英文写着“不要放弃”，楼道墙面画着“Wi-Fi”的字样和图示。

每到我和小野觉得爬不动的时候，塞德里克总会带着我们去停留处的楼层里面看看。那里的窗户只有窗棂，没有装玻璃。四四方方的窗框围着一轮下弦月，泛着白光，并不比这个城市的灯火更明亮。

“我觉得明早肯定累得起不了床，没法上班去了。”我冲小野说道。小野摇摇头，笑着叹了口气：“你以为只有你才上班啊，我这体型能爬上来，真是要了命。”

BURBEX
.ORG

我转头看了看塞德里克，他笑着耸耸肩："我还好啦。"

塞德里克目前在北京一家视觉科技有限公司工作，主要负责寻找潜在的VR（虚拟现实）合作客户。

"我们现在与国美及全球最大的VR内容制造商Samhoud Media合作，"我们继续前行，塞德里克不紧不慢地说道，"计划于2017年4月建成一家VR电影院，并于当年年底建成超过二百家。"

我听到自己的心跳和喘息声，已经没有多少力气去回复塞德里克的话了。他继续说道："事实上，Samhoud Media已于2016年初在阿姆斯特丹建成全球第一家VR影院，为观影者打造完美的沉浸式、互动性强的观影模式。"

在二十五楼的楼层标识数字下，用玫红色喷着英文"AIR CON ROOM"，下方还绘有一个笑脸。

"你带朋友来过（这里）吗？"我问。

"来过。"塞德里克说。

"男生还是女生？"

"都有。"塞德里克话音落，我右脚踩在木板上，木板末端翘了起来，我身子一拧，差点儿摔倒。

"凡是这样遮盖的板子，都不要踩上去，"塞德里克说，"因为木板下面有可能是个坑，你会掉下去的。"

我回头看了看那块木板，塞德里克蹲下来，用手掀开木板，下面果然是一个黑洞。

“女生多吗？”我问道。

“不多。”塞德里克说。

中途休息了三四次，我们终于爬到了顶层，整个城市的景观尽收眼底。站在楼边，风吹乱了头发。我踮起脚尖向下望去，看到川流不息的车辆和星星点点的灯火。我感到自己的心脏在风中颤抖着。

“景色太好了！”小野边说着边物色着合适的地点，将三脚架和相机放好。

“我有一年在中国过春节，就是在这儿过的。”塞德里克说。

“有烟火吗？”我站在小野身后，越过他的肩膀，通过相机显示器看夜晚的北京城。

“一整晚，”塞德里克说，“北京还是很热闹的，平时没那么大响声。”

“其实这儿可以来个烧烤。”我四处走动，环顾着大厦顶层的别样景致。不知名的植物从水泥缝中长出，叶片细小，绿意油生。生锈的机器潜伏在杂草丛中。楼顶中间的水泥房外壁上涂着戴面纱的女人头像，旁边用蓝色喷出“为人民服务”的字样。

“我好像——”小野翻找着相机包，自言自语道。

“我们曾经这样想过，但是烧烤会有烟，不安全，”塞德里克说，“而且会被人发现。”

我走了过去，看着小野：“怎么了？”

“哦，他没有带相机内存卡。”塞德里克脱口而出。

“真的吗？”小野将相机打开看了看，又装回三脚架。他抬头看着我的眼睛，自己笑了起来：“好不容易爬上来了。”

“没事，”我笑着拍了拍他的胳膊，“下次记得就好。”

小野睁大眼睛看着我，像是在问：“还有下次？”

谁知道呢？有些事情发生得自然而然却又出乎意料，谁也不知道是否还能再经历一次，就像你错过了的那些人，没有人能告诉你，你在未来是否还会有机会与他们相遇。

或许我们习惯了用相机拍下我们认为美好的、值得铭记的瞬间，但是有多少人会翻出当时的照片细细感受？最深刻的记忆永远存在于大脑中，印在心里。当时当地的气味、声音、画面，一切与感官相关的元素都被储存起来。缺憾，让我们这次的城市探险更有意义，更难以忘怀。

我抬头看着架在高空钢架上的起重机，它伸着手臂，整个城市似乎都要在它的臂弯里睡去。

“我曾经想上去触摸它，”塞德里克抬头看着起重机，我睁大眼睛看着他，他继续说道，“但是在最顶层的木板上走到一半，我就下来了。”

“真是胆大。”小野也朝那边望去。庞大的起重机在我们看来像玩具一般，似乎一阵风吹过就可以把它吹散。

“你来过几次了？”

“数不清。”塞德里克说。

“为什么喜欢跑到这里来看风景？”我问。

“安静，”塞德里克靠着楼边的扶墙，望向远处，“自由。”

我不知道，望着繁忙的城市，他在想什么，或许他什么都不用想。因为这一刻，我大脑一片空白。

2017年3月的最后一天，21点20分，我与小野、塞德里克站在国盛大厦的最高层，看着北京，看着这个城市。

我禁不住说道：“不知道为什么，这让我想起了《搏击俱乐部》。”

塞德里克戴上帽衫上的帽子，给自己和小野点了一根烟，两人在寒风中吸起了烟。

“我也是这么想的，”塞德里克将烟雾徐徐吐出，“我跟朋友想过是否能在这里做些疯狂的事情。”

“什么事情？”我裹了裹风衣，汗涔涔的身体已经被风吹凉了。

“没想好，”他说，“不过你肯定会喜欢。”

“为什么？”我问道。小野将烟吸完，收起了三脚架和相机。

“因为所有你写的文章、你接触的人，都表明你也是一个疯狂的人，或是，你的特质吸引了这些疯狂的人。”塞德里克笑了。

塞德里克要带我和小野按原路下楼，我想了想来时的路，看着远处问：“有没有直升机载我们下楼？”

“希望如此。”塞德里克笑着朝楼梯口走去，小野停下步子回头喊我的名字。我转身追了上去。

塞德里克此前曾在一家旅行社工作。

“你喜欢旅行社的工作吗？”下楼似乎比上楼轻松。

“喜欢。”塞德里克笑着说，“但是有一点，那份工作不需要我做调研，因为大多数外国游客去的是常规的大城市，比如北京、上海、广州、深圳、香港。我希望能为他们准备一些冷门的城市，那样更有意思。”

“你最想去哪里？”我问道。

“西藏，”塞德里克说道，“一个人。”

“你喜欢一个人旅行？”我问。

“对。”塞德里克很喜欢历史，读过许多关于中国历史的书。

“为什么？”

“自由。”塞德里克喜欢一个人探索北京城，看着地图，对哪里感兴趣就去哪里。他的世界是用脚步丈量的。

终于到达一楼，腿是软的。经过亮着灯的值班室时，我们依旧猫着腰溜过。从国盛大厦出来后，有种早上四五点钟刚起床的感觉，仿佛整个世界还在沉睡，太阳缓缓升起，清晨的雏鸟张着嘴待喂饱。

这晚，我似乎走过了千山万水。

5月份的一个下午，我与摄影师迈克特地去国盛大厦取景，路遇看守废墟的大伯。他穿着灰色T恤、青色裤子，裤腿挽起。大伯神情严肃，一直尾随，他冲我们挥着手臂要我们赶紧离开。我突然意识到，塞德里克说过他只在“夜黑风高”时来过。我和摄影师像打破玻璃的顽童，在大伯的追赶下迂回着拍了些照片，心满意足地离开了。有时候，我们是需要冒些险的。

Morrocchi Martina

玛蒂娜

玛蒂娜的美丽传说

玛蒂娜来自意大利佛罗伦萨附近的小镇巴尼奥阿里波利，是一位剧作家、导演兼戏剧老师。她曾住在基安蒂的潘扎诺，基安蒂是托斯卡纳的一个小区域，盛产葡萄酒。

十四岁时，玛蒂娜开始创作抽象油画，并为体验不同文化而旅行。2005年，玛蒂娜师从马努·拉里（Manu Lalli），并在其指导下首次接触戏剧，而后加入“Venti Lucenti”戏剧团，参与演出《普罗米修斯》《安提戈涅》《地狱》。

“起初我想做一名演员，后来我发现，我更愿意做一名戏剧导演。”

“为什么？”我问，“演员在台前不是更光鲜亮丽吗？”

“演戏让我觉得虚假，而且要得到一份工作，有时要经历许多令人不齿的事情。”玛蒂娜深邃的眼窝仿佛含着一汪秋水。

“比如？”

“比如金钱交易、性交易，”玛蒂娜说，“甚至牵扯到黑手党。”

“做模特呢？”

“她们只是在出售自己的身体，”玛蒂娜说，“我觉得除了这些外在的东西，我有更深层、更有意义的东西展示给人们。

“我的梦想是旅行与戏剧。有时，我并不肯定这就是我想要的。但这是我与这个世界交流的方式。”

高中毕业后，玛蒂娜学习古典家具修复技巧，后来她将此经验用于舞美设计。2009年，玛蒂娜被罗马国际戏剧学院录取，成为专业演员。

“我在意大利也导演过无声戏剧，”玛蒂娜摇摇头，“但行不通，许多人并不认同。后来，我在中国找到了更加适合我的土壤。”

在意大利，玛蒂娜曾做过妥协，在戏剧中加入对白和短句，使其更像传统戏剧。

“而且在意大利，很难在剧院找到一份工作。”玛蒂娜说。

毕业之后，玛蒂娜开展国际戏剧研究，她来到中国，被北京的艺术与多元化魅力吸引，并于2015年4月创立马莫娜艺（MAMONAHI）戏剧舞团。

“我喜欢中国演员对我的戏剧的态度与反馈，因为在欧洲，戏剧表演上有许多禁忌，但中国演员敢演，思维也开阔，不惧回溯过去，敢于不戴面具地直面现实。”

马莫娜艺戏剧团的演员要经过至少两周的训练，学会怎样将内心的情绪带出来。舞蹈融合了贾克·乐寇、皮娜·鲍什、斯坦尼斯拉夫斯基和让·日奈的表演技巧与风格。戏剧团的中外演员合演了《关联》《活力》《活力2》《灰色生活》。戏剧内容围绕着当下深刻、流行的主题，如环境污染、消费主义、跨文化交际等。

“一场演出一般需要准备多久？”

“当我想要表达一个主题时，我会开始排练，完成剧本，一个月后，完整的戏剧就可以演出了。”演出的服装、妆容、视觉效果、舞台灯光及布景，都由玛蒂娜设计，音乐由作曲家阿尔贝托·古埃亚阿尔（Alberto Cuéllar）创作。

沉浸式戏剧

“忽略音乐、灯光和各种外在的形式，”玛蒂娜说，“今晚，我希望你们都能感受到这舞蹈中的情绪。”

玛蒂娜站在舞台上，她个子高挑，穿着白色连体裤，脖戴夸张的流苏项链，梳着一头黑色短发，像极了埃及艳后。玛蒂娜身旁站着小提琴手莫灵风（Shawn Moore，详见p225–239），他用流利的中文为玛蒂娜做着翻译。玛蒂娜仿佛自带聚光灯，她走到哪里，所有人的目光都投向她。

玛蒂娜的沉浸式戏剧《灰色的生活》及《关联》于2017年5月5日晚9点在愚公移山（酒吧）演出。

鼓点响起，舞蹈演员着黑衣，在主舞台踏着节拍，从银灰色的纱帐中扭动着探出身子。他们脸上化着夸张的妆容，表情凝重。他们舒展四肢，似翘首以待。继而，演员们各自在舞池中央搭建的红色舞台上独舞，舞台四周围聚着观众。这种浸入式的戏剧舞蹈形式，拉近了艺术与观众的距离，使观众能更深切地体会戏剧传达的情绪。

“舞蹈演出中，一般会有领舞，你的戏剧中有吗？”我问。

“没有，每个人都有着同样的角色分量。我只是将舞蹈演员分组。”玛蒂娜说。

舞者的长发在红色的舞台上肆意翻舞着。红与黑，经典的色调，喷张的感情。有的舞者并不瘦削，更不窈窕。但她们有着闪着火花般的双眼、飞起的裙裾、浮动的黑色薄纱罩衫，以及涂着白色眼圈的妆容。光打了过来，飞舞的尘埃在发梢间跳跃。

明晃晃的光束打在舞池的红色墙面上，留下两个叠加的光圈。舞蹈演员、萨克斯手和小提琴手下台，先后出现在光圈中。

舞台上烟雾缭绕，舞蹈演员在烟雾中伸展着身体，音乐时而舒缓时而激进，时而让人放松，时而令人焦躁。在某个周末的夜晚，任自己沉浸在这样的场景中，内心那个蜷曲的身体会慢慢苏醒。黑夜摩擦着臂肘，一点点将这个

身体推出去，于是身体趔趄着倒在舞者臂弯。他们伸出双手将你环抱，又抛起，你闭上眼睛不敢看，你开始汗流浃背，开始气喘吁吁。但你总不用担心自己会被摔坏，因为总有人在你掉落时抓住你的手，揽住你的腰，钳住你的双臂。当你睁开眼睛，你发现周围挤满了人，你喜欢这种拥挤，你喜欢这种被填满的拥挤。夜晚无声的欢歌，你一个人来也好，搭伴儿来也好，不用局促，不用恐慌，那么多人与你同哭同喜，那么多酒让你头晕目眩，这儿的拥挤会将你填满，而你会喜欢这种被填满的拥挤……

突然，中文歌曲《心恋》响起，我似乎穿梭在不同的时空。

戏剧舞蹈

“我不喜欢在剧院演出。”玛蒂娜说。

“为什么？”

“太陈旧。现在很少有人会去剧院了，即使是我。在那儿坐上两小时看一场演出很无趣，即使我很喜欢戏剧，我也需要出去透透气。我们应当理解，我们生活在一个令人焦虑的世界，我们需要些不同的东西。”

“你会挑选什么样的场地？”

“我喜欢与众不同的地方，比如酒店大堂、图书馆，甚至博物馆，”玛蒂娜翘了翘眉毛，“最重要的一点是，这些地方能让我受到启发，让我表达我的哲学观。”

“你的哲学观是什么？”

“这个世界，所有的一切都太饱和。”玛蒂娜笑了笑。一直以来，她以沉浸式表演结合戏剧舞蹈的形式，用肢体语言和音乐来表达人类的情感。

“你指什么？”我问。

“当你跟朋友在一起时，他们会不停地说些没有什么深刻意义的话题，比如购物、时尚。他们仅仅是在说，但实际上，他们并未注意自己想要表达的内容；”玛蒂娜继续说道，“在我的演出中，舞蹈演员不说话。”

“歌唱呢？”

“有时会有。当我们听到人们唱歌时，我们听到的并不是歌词，而是情绪。比如，我不懂中文，但是我能‘听懂’中文歌曲，我可以感受到歌中传达的情绪，这是种能量。”玛蒂娜说。

“这是我执导的戏剧的特点之一——没有话语。还有一点，就是可以让观者沉浸其中，这样可以让他们充分享受、体会戏剧的魅力。”

“舞蹈演员会与观众有怎样的互动？”

“在我的戏剧中，只有一个演员可以与观众互动，我称之为愚人（fool），”玛蒂娜笑着说，“就像莎翁戏剧中的宫廷小丑。愚人可以与观众互动，引导他们，让他们对戏剧有更深的理解。”玛蒂娜说话时，身体律动起来，像是随时都会跳起舞来。

“有时，我把我所做的称为戏剧舞蹈（Theater Drama Dance）。”玛蒂娜眼中放着光芒，她双手打着手势，日常生活是她灵感的源泉，也是她永恒的舞台，“但我又觉得听上去太复杂。”

“那就叫TDD？”我抿嘴笑着。

“对，TDD。”玛蒂娜大笑起来，露出整齐的牙齿。

中国生活

玛蒂娜并不太喜欢中国人与人打交道的方式。

“因为即使一切已经计划好，即使有合同在，不到最后一刻，你不知道会发生什么。”玛蒂娜来北京前，在深圳一家意大利餐馆做经理人。那时，玛蒂娜曾与就职的公司因合同问题发生不愉快。许多本土公司并未与在华工作的外国人签订合同，使这些外国人的基本权益得不到保障。

“我感觉，居住在北京的人有些冷漠，这儿的生活也更让人有压力，”玛蒂娜笑着，抬起手臂打了一个手势，“在北京的两年多时间里，眼瞅着物价飞涨。”

“深圳呢？”我问道。

“深圳就没有给我这样的感觉，人们很开放，笑容常挂在脸上。”玛蒂娜说。

深圳对于玛蒂娜或许有着特别的意义，她与西班牙男友就是在深圳相遇，然后一同来北京发展的。

“北京环境污染严重，我不想让自己的孩子出生在这里。”玛蒂娜说，“不过目前我还会在北京生活几年，之后回欧洲，或加拿大，或南美。”

“中国人大多在一个城市生活一辈子，在一个公司工作一辈子。”我说。

“我一般一两年就换份工作。”她笑着说。

玛蒂娜喜欢烹饪，钟爱托斯卡纳美食。

“烹饪也需要想象力。”玛蒂娜曾上过《鹦鹉厨房》（美食教学节目）。

“你今天做了什么？”我问。

“巧克力和杏仁饼干，”玛蒂娜笑了，“我几乎每天都在家做饭。下馆子的话，我喜欢北京烤鸭和粤菜。我在深圳发胖，结果来到北京，瘦了十公斤，或许是因为我当时在餐厅工作。”

“今年有什么计划？”我问。

“专注于戏剧创作。当你年轻时，你有激情，精力旺盛，你还有时间和心力去实现梦想。但是当你四十岁了，你没有实现年轻时的梦想，你可能会说，好吧，那我就找份工作，安安稳稳地生活吧。”玛蒂娜表情严肃起来。

“这是现实残酷的一面。”我说。

“甚至是丑陋的，”玛蒂娜说，“如果你有了家庭和孩子，你就不能仅仅想着实现梦想，你要养家糊口，找份能赚钱的差事。”

“你喜欢自己的工作吗？”我问。目前，玛蒂娜在意大利葡萄酒贸易和房地产投资公司工作。

“喜欢。”玛蒂娜说，“我不能做自己不喜欢的事情。我的工作需要跟人不断见面沟通交流，我喜欢这样的形式。”

我歪头看着玛蒂娜，顿觉自己脸颊发烫。有多少人过着朝九晚五的生活，日复一日自我麻醉地辜负着自己的梦想……

Dr. Theo A. Cope

孔思教

爱着对方还会选择开放式关系吗？

在门外等待时听到孔思教的声音，还有一个女人的声音。偶尔能听到两人传出的笑声。

“你先在这儿等一下，孔思教医师的病人在里面。”穿着蓝色制服的工作人员将我引领至莱佛士诊所（Raffles Medical）二楼。

二楼走廊尽头的玻璃柜中摆着Kimmidoll娃娃图案的铁盒、迪士尼乐高公主玩具，柜壁上贴着日本、柏林、杭州灵隐寺、古城丽江的明信片，柜中放着各种书籍。

“我若找您咨询，收费多少？”我笑着问道。第一次见孔思教是在某个周末活动中，我与友人鲍倚着吧台看着来自世界各地的人们热烈交谈，在某个瞬间，孔思教的目光扫到我们，我们冲彼此一笑，他便穿过人群走了过来。

“八百块一小时；没有太多经验的中国医师六百块。在诊所坐诊收费一千三百块。”

“作为一个三十岁的女人，你认为我会面临什么样的问题？”我毫不避讳地问道。

“各种问题。比如婚姻、家庭、饮食，极端时甚至有可能导致自残。”

“自残？”我睁大了眼睛。

“自我伤害，”孔思教说着，抬起右手比画着往手腕划了一下，“有些病人患抑郁症，情绪焦虑，甚至患上了狂躁抑郁症。这在两性关系中比较常见，比如在其中一方劈腿的情况下。”

这时，我的脑海中闪现出《钢琴教师》中伊莎贝尔·于佩尔饰演的女钢琴教师艾丽卡在卫生间里用剃刀自虐，并在影片结尾将刀刺进自己肩膀的情景。艾丽卡年近四十，长期禁欲，与母亲过着压抑的生活。

“有解决方法吗？”我看着孔思教，他的头发和胡子已是银白色，时间的尘埃遮住了他曾经年轻的容颜。

“我帮助他们寻找解决方法，”孔思教说道，“如果一方想要开放式的恋爱关系，彼此仍然爱着对方，两个人应该如何继续？这是常见的问题。”

“既然爱着对方，还会选择开放式的恋爱关系吗？”我想起波伏娃与萨特的契约式爱情，如萨特所说，他们的结合是基于一种本质上的爱，彼此都可以在这个关系外去体验风流之事，婚姻对他们而言只是一种契约。

“的确。但这取决于不同人的不同选择。有些人会选择结束，有些人会选择继续下去。”孔思教说。

“你自己也会面临一些问题吗？”我问。

“我也是一个普通人，我会遇到许多问题，比如焦虑。”他说。

“因为什么？”我问。

“我的未来。”孔思教笑着说。

“你的未来？”作为一名经验丰富的心理学家，孔思教的生活似乎是完美的，因为在遇到问题的同时他知道如何解决。

“我五十岁才拿到博士学位，”孔思教笑着说，露出小虎牙，“在华南师范大学，研究领域是分析心理学与中国文化。我很喜欢中国历史、哲学、文学，特别是《易经》。”

“只要开始了，就永远不迟。”我说。孔思教喜欢读茅盾、冰心、鲁迅、林语堂的作品，最喜欢的作品是法籍华裔剧作家高行健的《灵山》。

“病人来诊所找我，对我敞开心扉，这对我来说意味着一份很大的责任。的确，年纪越长越有经验。当然，有时也会遇到挑战，因为每个人的背景是不同的。从专业角度，我不会只着眼于病症，而会关注更多的可能性。在心理治疗中，许多专家着眼于焦虑、抑郁等病症，这有时是有帮助的，但需要根据不同的情况配合相应的治疗技巧和专业知识。

“我将神经系统科学运用到治疗中，让病人参与某项活动，比如正念冥想。这关乎情绪的调节。不少时候，当你问他们一些比较难回答的问题，他们的脸会憋得通红，但是不太愿意与你交流。”孔思教说。

孔思教每隔一周都会举办正念冥想分享会，每次都有许多人参加，通过冥想、呼吸来调节情绪，认知自我。

“如果你今天心情不太好，焦虑、有压力，你会怎么做？”

“我会将自己的事情放在一边，专注于我的病人。”

“可这不算是长久之计。”

“我有自己的治疗师，一位俄罗斯心理学家，”孔思教笑了笑，“我通常会跟他聊。”

“不会跟同事聊吗？互相治疗。”

“我们一般谈论的是心理治疗案例，”孔思教说，“人是很复杂的生物，心理治疗也不仅仅是门科学，而是一门艺术。面对前来诊疗的人，你要知道现阶段需要做什么、需要放手什么，治疗末期需要做什么。”

“你是一个善于交谈、喜好交际的人吗？”我问。

“比我年轻时要好许多，我自己也会注意。那时，我比较害羞。”孔思教笑着说。

“与病人在一起时，你会录音吗？”

“一般情况下不会，除非他们要求。因为我们有时一聊就是一个多小时，他们回家后时间一久就记不太清了。有时他们也会记笔记。”孔思教说道，“我还治疗过一些经历过现代战争的人：死亡、炮火、虐待、暴力、流血，我们生活在一个充满创伤的时代；有时候，我们对自己的同类并不友善。”

“病人会对你产生移情吗？”我想起根据英国编剧克里斯托弗·汉普顿的舞台剧《谈话治疗》改编而成的电影《危险方法》中，女病人萨宾娜·斯皮勒林与荣格产生的不伦之恋。

“有些会。随着时间推移，移情可能会发生。但我会与病人保持职业距离。病人对我很信任，把不曾对别人说的事情向我讲述，我们之间一旦共享了一个秘密、一件事，就会产生心理上的联结。”孔思教说，“我还在美国时，有一个治疗师与他的一位女病人越轨了，几乎毁了这个女人。美剧《扪心问诊》中也有类似情节。”

相处模式

“我结过两次婚，（婚姻）分别持续了十三年和十六年。”孔思教看着我说。

“加起来，你跟两个不同的女人一起生活了近三十年。”能在这个世界的一隅遇见彼此，共同度过这些时光，每个人都是要付出代价的，比如时间，比如物质。

“对，我的半辈子。”孔思教笑了笑，“第二段婚姻进展良好。”

Physiological reaction

“经历了两段婚姻，你学到了什么？”同某个人共度一生的时光，是怎样的决绝；为了某个人而放弃与其他人遇见的机会，需要多少勇气……

“第一段婚姻之后，我曾想，我当初为什么会选择这个女人，为什么当初我为挽救婚姻做出的努力没有成效，为什么我与这个女人的相处模式没有维持下来？”孔思教说，“婚姻中的每一个人都要找出两个人相处的模式，也就是如何在一起生活。”

“这样的相处模式会不会受到家庭的影响？”我问。

“必然。我们从小受父母影响，直到成年之后才离家；当然，对于中国人，独立的时间可能要晚些。”孔思教说，“我十七岁离家，到目前差不多四十年。离家前的十七年是我成长的一部分，是促使大脑结构成熟的关键，影响到我与这个世界交流互动及解读这个世界的方式。这就是为什么在心理治疗时我们需要病人回溯他们与父母的相处模式。因为，有时候我们的父母是令人憎恶的、可怕的人。”

我看着孔思教的眼睛，他继续说道：“有时候人们会想，未来自己永远都不想做一名父亲或母亲。”

“是根据你自己的经验吗？”我问道。

“不是。多是听来的。”孔思教摇摇头。

“那您的父母带给您了什么影响呢？”我问。

“我母亲教我烹饪，我父亲只会烧水。他是男人，在那个年代，男人不做这些家务活儿，”孔思教说，“这就是我的父母在家庭中各自的角色，而这也在一定程度上决定了他们婚姻的模式。我的婚姻也有自己的模式。”

“比如？”我问。

“我从来没有看到过我的父母争吵或动手打架，但母亲说他们总是关上门吵，不让我知道。后来，我发现我也将这种模式用到了自己的婚姻中。很多来找我的病人，他们父母间的模式不尽理想。

“我们生活在一个不完美的世界。我三十多岁时，努力让自己变得完美，后来我放弃了。因为如果不要求事事完美，我们能更容易、更友好地与自己相处。”孔思教说，“现在，我在帮助人们变得不完美。”

“认识自己、接受自己是最难的。”我说。孔思教点点头。

孔思教在莱佛士诊所工作了两年。此前，他曾在华南师范大学讲授文学与历史，后来在东北财经大学任教九年，讲授心理学、社会学、商务沟通、组织行为学、人力资源管理等课程，还做过学生咨询方面的工作。

在美国时，孔思教曾做过厨师、老师、邮递员、养老院护工、木匠、心理学家。

“我这一生听了太多故事，见了太多该发生和不该发生的事情，”孔思教的眼镜片反射着诊所的灯光，“我二十岁时在美国空军部队教生理学，主要给飞行员们讲授飞行对他们身体的影响。1986年，我开始做邮递员，一做就是十年。”

“为什么做邮递员？”

“因为他们付给我钱，而我也需要一份工作。那时候经济不景气，找工作难，况且我还有家庭。”

梦境及超自然力量

“我的病人来找我解梦。”孔思教说，“有些是诡异的噩梦。”

“你做过什么样的噩梦？”我问。

“我这辈子只做过一个噩梦。”孔思教说，“那是三十九年前，我二十一岁的时候。有个正在跟妻子办离婚的酗酒的男人，借宿在我的一个朋友家。他离开后，我在他睡过的那张沙发上睡了一晚，就做噩梦了。他的气场很负面，很黑暗。”

“你梦到什么了？”

“梦到一个女人被肢解、切碎，”孔思教说，“幸好只有这一次。有些人经常做噩梦。”

“噩梦是怎么来的？”

“根据弗洛伊德或荣格的理论，梦境是我们与意识交流的途径。

“弗洛伊德认为，许多梦境来自我们的日常生活；荣格认为，来自日常生活的这部分是真的，但有些梦境来自潜意识。还有一些学者认为，梦境是在对我们的大脑进行大扫除，并无太多意义。”

“你相信超自然力量吗？”与孔思教刚认识那会儿，我们除了聊天文地理、人文哲学，还时不时地聊到超自然力量。

“不能说完全相信。但有些人确实有这样的能力。”他说。

“是吗？不是小把戏？”这时，爱情喜剧片《魔力月光》中的“神婆”艾玛·斯通似乎在我耳旁碎语，饰演英国魔术师的科林·费斯一脸不屑。

“不是把戏。我有的朋友就可以。他们通常非常敏感，拥有不同于常人的能力。”

“比如？”

“在墨西哥，有些巫医可徒手做手术，不借助任何医疗器械，术后伤口还能快速愈合。大卫·威尔库克在《谁设计了宇宙》中也曾写到类似的情节。”孔思教说，“我有一个朋友，他与他父亲都可以进行各种让人瞠目结舌的活动。”

“能描述一下吗？”

“我有个朋友曾去过德国纳粹集中营，他能感觉到一些不一样的东西。”

“魂魄？”这话出口后，我有些不相信是我说的。

“能量、气场，”孔思教表情严肃起来，“有些人的大脑可以解读。这种能量是有特定形态的，只是我们感受不到，而拥有此能力的人却可以感受到。”

万水千山

“我1998年来到云南昆明，在当地的三十三中教书，”孔思教说，“她是英文老师，但是我们在不同的学校。我们起初在网上联络。”

“这是上世纪的事了。”我笑着说。孔思教在昆明遇见了现在的妻子。妻子比孔思教大六周，来自巴拿马。

“你赢了，”孔思教大笑起来，“当时我在做心理学的调研，我们就某些问题交流想法，用邮件沟通”

“你是怎么认识她的？”

“我有她的邮箱”

“你怎么有她的邮箱？”

“我们在同一个心理学研究小组里。”

“你们第一次见面是什么时候？”

“1998年11月，在昆明，”孔思教说道，“我们用邮件交流九个月后才见面。”

我惊讶地看着他，他笑着点点头，继续说道：“当时我是单身父亲，我儿子跟我一起在美国生活。他高中生活还有两年结束。当时我们在讨论是留在美国还是离开。我在网上找到了工作，于是放弃了在美国的一切，带儿子来到昆明，开始了新生活。当时她在澳门，我在美国。”

“你当时对她是什么感觉？”

“我当时并未想开始一段感情。我当时一心想着离开美国来中国，那很酷。”

“为什么想来中国？”

“有个朋友从中国回美国，听他讲述中国的事情，我觉得很有趣。按中国人的话说就是缘分。”孔思教用中文说着“缘分”两个字。

“那时对中国了解很少。现在中国变化很大。城市建设在变，广告也在变。”孔思教继续说道。

“广告？”

“对。我刚来昆明的时候，没有关于服装的广告，现在铺天盖地。当时物价很低，我的薪水才一千一百块。”

“月薪？”

“对。”

“比当时的平均工资水平高很多。”

“是啊。一代代人在变，他们的思想观念在变。”孔思教歪头笑了笑。

“有没有什么没有改变？”

“信任度。现在人们面临的问题跟过去没多大差别，人们不信任彼此。”

“不信任？”

“对。你觉得中国人信任彼此吗？”

我摇摇头。信任的崩塌只在一瞬间。尔虞我诈的世界，无缘无故，哪儿来的信任？而恋人间、朋友间的信任也是在日常生活中一点点建立起来的。

“即使是过去，人们也经常怀疑彼此，尤其是在‘文革’的时候。”

“你认为中国年轻一代怎么样？”

“你们这一代，很不同。因为国家政策的变化，比如计划生育，机会与挑战并存。现在开放二胎，又带来了不同的机遇和挑战。年轻人思维开放，但也存在一些不确定性，比如，你怎么知道能不能相信你的朋友？我们怎么相信我们吃的食物、我们生活的环境是无害的？”

“你认为在婚姻中，这些会有影响吗？”

“实行计划生育，家里只有一个孩子，孩子会有些自私，不知道怎么处理人际关系，不懂得给予与付出。他们长大之后结婚三四年就有很多离婚的，产生了很多问题，”孔思教说，“我也给这类人群做过心理咨询。”

“像国外电影中的互助小组那样吗？”我笑了笑。

“更多是一对一的。许多年轻人因为金钱结婚。很多中国男人没房没钱，就没老婆。”孔思教掰着手指头说道。

孔思教第一次来中国时四十二岁。2017年8月，他与莱佛士诊所的合同将终止，面临新的抉择。

“上了年纪就很难拿到中国签证了，”孔思教向我吐露，“我要跟妻子商量是留在北京还是去别的地方。”

在我写完“请避免触摸、拥抱、亲吻”一章后没多久，孔思教就因签证问题离境，什么时候再来北京还是个未知数。

Flip Sorée

菲利普

速度与激情

从希尔顿酒店大堂出来，我和菲利普还有他的两位上海同事一行人去了拉蒂娜巴西烧烤音乐餐厅。

“要坐一起吗？”身材高大的白人男子看着餐厅服务生将他们引至一张四人座桌前，便问道。他银白色的头发，在餐厅灯光下闪着橘光。

“不。”菲利普笑着冲服务生摆了摆手。为了采访方便，我们四人分两张桌子坐。

“因为我从来没有到过中国，所以就答应了，想来看看。”2012年3月，菲利普来中国，效力于DDB广告公司，作为飞利浦品牌的（中国）创意负责人。

与菲利普认识了两年多，似乎从未像今天这样坐下来慢慢聊些过去的事情。有些人在生活中充满激情，他们精力旺盛，引得身边的人不自觉地暗下决心要像他们那样活着。而菲利普，就是我们口中的“他们”。

“至少可以去北京和上海转转，如果不喜欢，就当旅游了。”菲利普来自荷兰阿姆斯特丹，是一位资深广告人，在广告行业深耕了十五年。

“落地北京的那天是某个周四下午，原计划住在工体附近，但我走错了方向，跑到银河SOHO去了，”菲利普笑着说，“冬天零下八九度，好冷，还有雾霾。”

“没有后悔来北京吗？”我问。至今，菲利普已经去过中国三十多个城市和地区旅行。

“既然选择了，就随遇而安。那晚我去了D Lounge（酒吧）。”他说着，笑了起来。菲利普喜欢接受挑战和新鲜事物，在欧洲不同国家工作过多年。

“在北京的工作怎么样？”

“落地的第二天下午我去DDB的北京办公室，完全不是我想的那样，太破了！”菲利普摇摇头，“我当时就想，我不要在这里工作。

“其中一个工作人员对我说，下周一我们会搬到新办公室。那天可是周五下午啊，当时办公室还乱七八糟的，两天时间能搬过去吗？我对他说，不可能。但他坚持说，周一我们就能开始正常上班了，”菲利普的脸因笑意而泛着红光，“结果，周一早上10点半，新办公室已经规整到95%了。太疯狂了，中国人办事效率好高。”

身着传统服饰的服务生拿着粗长的铁棍走了过来，铁棍上叉着大肉块。他切下肉来，我用夹子夹起来放进盘里，撒上胡椒和酱。

“中国发展很快，有许多很酷的东西，在这儿，任何事情的发生都是有可能的。”他说。

在DDB，菲利普服务于一汽大众、麦当劳、海南航空、宏基电脑、加拿大旅游局等品牌。

“对中国的第一印象如何？”

“非常有趣，我喜欢旅行，体验不同的文化。我对外面的世界有很强的好奇心，想看看人们是怎么相处的。北京是一座国际化都市。”

“你第一次来时，有没有什么计划？”我问。菲利普已于两年前开发了自己的活动APP，他在广告行业的从业经验使他积累了众多人脉。

“我从来不给自己制订计划，我喜欢顺其自然，看生活能带给我什么，看我的生活能走向哪里。制订计划只会让你失望。如果你实现了计划，就只能在计划内生活；如果你没有实现计划，你会更痛苦。没有计划的话，一切都将是惊喜。

“后来，我与一位香港的上司产生了分歧。在欧洲时我们有着与中国不同的体系。在中国有不同级别的创意总监：高级创意总监、初级创意总监、执行创意总监。岗位设置完全没道理。”菲利普边切肉边说。

“之后，我接手了大众汽车Beatles（甲壳虫）的项目，一款非常酷的汽车，我为他们解决了方案执行过程中长期存在的问题，写了脚本，而他们却准备自己拍摄。我说我可以拍摄，因为我有配方，我有脚本，我才是大厨，知道怎么掌握火候。于是我就不想与他们一起工作了，选择了离开。

“之后我做了差不多半年的自由职业者，为许多广告公司做方案。后来去了DMG（广告公司），服务于大众、马自达等品牌。我在那儿工作了九个月。”

“在DMG做了什么有意思的项目吗？”

“除了服务一汽大众、马自达、英特尔、美国体育运动装备品牌安德玛，还做《钢铁侠3》《环形使者》《无人区》的市场营销。”

“你喜欢北京的生活吗？”我问道。菲利普喜欢说唱、乡土爵士乐、灵魂乐，喜欢与速度相关的运动，比如赛车、单板滑雪、山地自行车。此外，电影、聚会、时装秀、艺术展和音乐秀也占据了他大部分空闲时间。

“我喜欢北京的活力；不喜欢这里的网，太烂！”菲利普摇着头直言道，“有时候去甲方公司提案，网慢得啊……”

菲利普随遇而安，并未花多少时间适应在北京的生活。后因工作原因，菲利普转战上海，加入Avantgarde Brand Experiences广告公司，服务奔驰、保时捷、劳斯莱斯、拜仁慕尼黑俱乐部、倍耐力及洲际酒店等客户。

速度与激情

“你从什么时候开始学习开车的？”我饶有兴趣地歪头看着菲利普。

“我从很小就喜欢汽车、摩托车，与速度相关的我都喜欢；读了很多这方面的杂志，从小开宝马、法拉利。我父亲一直喜欢骑摩托车。我十八岁生日时获得驾照，我中意意大利产的摩托车。”

“从什么时候开始参加比赛？”

“在欧洲时我玩赛车只是为了找乐子。来到中国后，开始骑摩托车去公司上班，因为交通太堵了。我也会为汽车品牌试驾。后来被邀请参赛，这是中国给我的礼物。”

“得过多少奖？”

“在鄂尔多斯，连续两年获得世界超级运动锦标赛冠军。”

“有奖金吗？”我们相视而笑。

“有。”

菲利普上海的办公室里放着两辆赛车型摩托车；因为空间有限，还有一辆放在珠海。菲利普曾为众多豪车品牌做（广告）创意，除了专业，也得益于菲利普对汽车的了解与热爱。

看着菲利普，我想起2016年4月，我同一位美国朋友

BLACKBRIDGE
MOTORCYCLE
CLINIC

Grand Prix
英雄争霸

在美食与文化空间“好食好色”举办的一场活动，当时邀请了一些好友，菲利普也到场支持。2016年11月，以发行亚洲电影著称的荷兰电影发行公司Fortissimo Films来中国考察。这家公司曾制作、发行过王家卫的《重庆森林》《2046》《花样年华》，田壮壮的《蓝风筝》《小城之春》及《白日焰火》等著名华语片。几天紧张的会议后，考察团离京前，我带她们去三里屯消遣。因为菲利普住在附近，且也是荷兰人，我便邀请他加入我们中间。菲利普虽公务缠身，但也到场支持。在异国他乡见到老乡，用家乡话攀谈几句，是冬日里让人温暖的事情。

许多人抱怨荷兰人冷漠。荷兰作家汉·凡德霍斯特也在其著作《荷兰表情》中提到荷兰人具有执拗和不易接近的特点。他们交流的方式成为他们与陌生人间交流的障碍。他们与素不相识者全然不交谈。在公共场合，除非有事，他们不轻易与人搭腔。但如果你问路或询问其他非私人问题，他们会解答得很详细。在火车上，他们要么读报纸，要么听随身听，将自己与周围的人隔开。

其实中国人不也是这样吗？将心比心，不论国籍、种族、肤色，总能交到真心相待的朋友。

“赛车时什么感觉？”

“自由。”

菲利普定期会与车队去鄂尔多斯训练。停放摩托车的车间充满了机油的味道和荷尔蒙的气息。车手的战服挂在墙上，桌上摆放着各种长度与大小的维修器具，似乎这些没有温度的金属在赛车手手中变得柔情似水。

菲利普是意大利车手阿德里安·马赛拉（Adrien Macera）成立的摩托车队“Black Bridge Motorcycles”的一员，车手们来自各个国家，是一群对速度有着深切渴望的男人。

“这也是释放压力的一种方式。”菲利普说。

“赛车时经常受伤吗？”

“不太多，没有特别严重的，我比较幸运，”菲利普笑着说，“断过几根肋骨，我的手也断过，指尖锉断过几个。”

“对普通人来说已经很严重了。”我说。速度意味着危险，只有真正享受速度带来的快感，才会不顾一切地向前冲。

“赛车时会有分神的时候吗？”我问。戴着头盔骑在高速运转的摩托车上，周遭的一切淡化，思绪似乎很容易在这密闭的空间飘扬。

“肾上腺素使我精力高度集中。”

“如果对一件事情把握不准或不够了解，很容易失控。”

“我的风格比较平缓，不会冒太大险，”菲利普说道，“高速行驶使我感觉特别好，浑身放松。”

“速度对你意味着什么？”

4

“我没想过自己不再追求速度的时候是什么样子。”菲利普说。

此刻，我仿佛看到绿色、红色、白色、黑色的摩托车在赛道上转着圈。他们是一群驭风的人。速度带来的刺激感将平日积攒的压力瞬间击碎。

“Work hard, play hard：我平时努力工作，努力享受生活。我一直以来坚持、坚信的梦想，是幸福。”菲利普说。

“打算在中国待多久呢？”

“想多久就多久，我没有什么计划，”菲利普说，“看生活、看命运会把我带去哪里。”

生活易朽，不疯狂，毋宁死。

David A. Williams

大洋

我要成名

“在厦门拍摄，我演刘涛的敌人。”

大洋开始说中文。他曾在电影《妈祖》中与刘涛演对手戏，也曾在《苏乞儿》中饰演俄罗斯杀手，在《人鱼帝国》中饰演男二号。

“当你选择角色时，有没有什么角色定型？”我问道。

“美国军人、特工、警察等角色。”四十多岁的大洋身材壮硕，肌肉分明。

大洋有多重身份：演员、模特、歌手、主持人。他曾担任美国华人春节联欢晚会、青岛红酒美食节及蓝海电视台的主持人，还参加过《星光大道》，从2006年至今，做过十五次婚礼牧师和主持人。

“你觉得你现在出名了吗？”

“外国人在中国做演员，想出名太难了，我已经放弃了，”大洋声音平稳，眼神中似乎没有了之前的雄心勃勃，“我现在只想多赚些钱，等待退休之后的生活。”

“退休？”我有些不相信自己的耳朵。

“对。”

现在的大洋似乎不像是我几年前认识的他了。

“你在中国和美国有养老保险吗？”

“没有，”大洋看着我的眼睛，“这些年我存了些钱。”

“长远的计划呢？”

大洋

“赚更多的钱，存起来，留着退休后用，”大洋笑了笑，“到了那时候用钱的地方也不多。我会在美国某个城市买房子。”

“洛杉矶吗？”我的脑海中闪现出洛杉矶的艳阳。

“小一点儿的城市。

“我不喜欢买车，每月都要还贷；我也不喜欢用信用卡，很烦，有压力。在中国就不需要买车，不需要买房子，容易存钱。”受姐姐的影响，大洋从很早就开始理财。

“在洛杉矶，如果你没有钱，过得会很拮据，很悲凉。”大洋说，“在北京，你不需要太多钱就能过得很好。所以我会跟身边的外国演员朋友说，不要想着在中国成名，如果够聪明够努力，在这儿就能过得不错。你知道，很多中国人是脸盲，外国人对他们来说长得都一样。”

“你有没有想过‘脸盲’的原因？”

“第一，中国人不太喜欢外国演员比中国演员出名；第二，中国观众不太了解外国人，也不太能记住外国面孔。”大洋顿了顿，“只有一个人，大山，他是个例外。自大山之后，许多外国人来中国，但是中国人记不住他们谁是谁。”

天使之城

大洋毕业于华盛顿大学土木工程学系，他渴望成为一名演员，而父母希望他按部就班地生活。大洋无法忍受在离梦想越来越遥远的现实中煎熬，便在大学毕业后去了好莱坞——世界电影娱乐产业的中心。

正如电影《星图》对好莱坞与西方流行文化的批判，当一批又一批向往好莱坞的年轻人在这个浮华喧嚣、纸醉金迷、毒品泛滥、非同性恋不艺术的名利场挣扎攀爬时，他们也经历着无数失败带来的巨大挫折。

整整三年，大洋屡屡碰壁，只为在好莱坞找一份工作。他不时会在电影和电视剧中做群众演员，这样的工作带来的新奇感是暂时的，大洋想找一份真正的表演工作——能在镜头前说几句台词。

但好莱坞是残酷竞争的代名词。世界各地、各个种族、各个年龄段的演员怀揣梦想来到这里，他们或许比大洋更努力，更英俊，更有背景。在洛杉矶这座天使之城，大洋成功闯进主流演艺圈的机会太少了；而当群众演员的收入也不足以维持他在洛杉矶的生活开销，他不得不另谋出路。

之后的三年，大洋试着做过网络营销，但失败了。大学毕业七年，大洋仍负着债，却仍在追求自己的人生理想。最终，大洋决定做回本行——土木工程。

后来，大洋找到一份土木工程师的工作；与此同时，他开始因生活空虚而失落：为什么现实离预想的相差那么远？大洋渴望的充满冒险、浪漫、成功与梦想的生活，终日被淹没在永远也做不完的工作中。大洋曾以为自己的生活会丰富多彩，也曾预想自己能挣大钱、有美满的姻缘……

无数人将梦想束之高阁，这样并不算真正地活着。大洋希望自己的生活与众不同、富有生气，他不想每天活在繁重的债务和消沉的气馁中。

“我仍渴望成为一名演员，不想做土木工程师，一成不变地工作四十年，然后退休，老去，死亡。同时我意识到，美国并不是实现我的梦想的地方，而且美国生活水平太高，我常因为钱的问题大伤脑筋。”

电影《华尔街之狼》中小李子的一夜暴富有着超越现实的成分。演员是一个不稳定的职业，登上艺术巅峰的演员少之又少，不入流的演员生活还不如小白领过得舒坦。不仅是演员，歌手也一样，成名前难免清贫、生活一团糟。

乔安娜

“乔安娜在上海长大，十五岁与母亲移民美国加利福尼亚。我们才相处了一个月时，她突然问我想不想和她一起去中国。我毫不犹豫地答应了，尽管当时对中国几乎一点儿概念都没有，除了平时买的东西上标着的‘中国制造’。”我们相视一笑。

“我只知道中国的首都是北京。”

在心灰意冷的日子里，大洋回忆起与女朋友乔安娜在上海度过的那段美好时光。

2004年2月，乔安娜的外祖母重病，只剩几个月的生命，所以乔安娜和母亲回上海的家探望。大洋在上海逗留了八天，他永远也不会忘记乘车从上海浦东国际机场到乔安娜舅舅家一路的所见：汽车在寂静的旷野中飞驰，一幢幢摩天大楼的无数灯光突然出现，如海市蜃楼般。高大的建筑物矗立在宽阔的大道旁，有的刚刚落成，有的在建设中。

“我所见的一切都是新鲜的，完全不同于在美国时对中国的认知，”透过大洋的双眼，似乎仍能体会到他当年的惊讶，“在洛杉矶生活的六年中，我只见过一座摩天大楼的兴建，生活像是停滞了，令人厌倦。”

彼时的上海向大洋展示着，在这个世界上除了美国，还有其他地方充满了各种可能性，发展更迅猛、更令人心跳加速。

“我参观了当地的农贸市场，绿色帐篷式建筑里摆满了各种农产品，还有鲜活的或刚被宰杀的动物。半英里宽的黄浦江下挖通了一条隧道，我骑着自行车穿行，突然想起中学时曾经去过的Epcot中心（迪士尼的高科技馆）。”

“像是穿越了。”

“对。我陶醉在这座城市带给我的一切中。”

然而，与乔安娜外祖母的会面是令人心痛的。这位慈祥的老人正在被癌症吞噬着生命。

“外祖母凑近乔安娜的耳朵说我长得很帅气，她把这句话翻译给我听了，”大洋笑着说，“我很开心。”

大洋渴望用视觉、听觉、嗅觉等一切感官去捕捉这个城市的每一个细节。他渴望登上东方明珠的最顶端，渴望和那些打太极拳的人交谈，渴望探究上海的方方面面。

“我记得自己去一家花店为乔安娜的外祖母买鲜花的情景。当时我只会说‘你好’‘谢谢’‘多少钱’这几句简单的中文，店员很友好地比画着跟我交流。”大洋笑着摇摇头，用中文说道，“当我从花店出来时，手捧着一束价值五十元人民币的鲜花。”

逃离天使之城

2005年8月，大洋下决心做一年的土木工程师，攒钱去中国。

“我在网上能找到的职位只有英文教师，这些公司也只提供工作机会，不报销往返中国的机票，”大洋说，“到2006年3月，我只攒了一千五百美元。”

他给每个他能找到联系方式的中国模特代理公司通过邮件发送了自己的照片，最终他得到几家代理公司的反馈：上海两家，台北一家，北京一家。然而这些公司并不愿为大洋提供住宿和机票，直到他认识了黛西。

“那时，黛西在北京新丝路模特公司做外籍模特经纪人，她非常欣赏我，我们在MSN上沟通了几个月，她说如果我来中国，可以先住在她那里，直到我找到自己的住处。因为她恰好刚搬进一套两居室的房子，我可以住次卧。”

“你的中文是在哪儿学的？”

“自学的，”大洋笑着用中文说，“2005年底，我买了人生中第一盘中文教学磁带，从‘你好’‘你从哪里来’学起。

“后来朋友送给我一套中文教学CD和配套教材，这套的内容要难很多。第二年，我每天上班路上听CD，算上其他业余时间，每天听一个半小时中文。

“我每周还会阅读一本有关中国的书，比如《中国先生》《江城》，还有《中国：下一个超级大国的挑战》。”

“来中国前，你的家当是怎么处理的？”

“那时，我有一辆开了13.5万英里的2000款宝马328i，每月为此要向银行还贷六百五十二美元。我不可能完全停止还贷，不然我的信用评价上会留下污点，”大洋长舒一口气，“但我也没有足够的钱继续支付。天知道我在中国会过得怎样，也许某一天会考虑回美国。”

最终，大洋决定把车存在车库，只要有能力就继续还贷；继续为公寓付每月四百五十美元的租金；保留土木工程师的职位一到两个月。同时，大多数值钱的东西都被寄放在了姐姐家。

2006年3月13日，大洋离开了——离开了那份工作，离开了天使之城，也离开了美国……

过把瘾

“（后来）有场戏在上海，是一场与女主角跳舞的对手戏。剧组巴士载我回到宾馆后，我不得不接受自己将有个室友的事实。

“以往，我绝对不会让出房间。但在中国，剧组工作人员和没名气的演员得到的福利总是有限的。每个人都会有室友，而且工作时间很长。”大洋说。

“你的室友呢？”

“他是一位来自北京的摄影师助理，三十五岁左右，瘦高个儿。他每晚为我讲述他在中国拍摄电影的经历，说他的工作常常在路上，从来没在一间办公室老老实实地待过。”

整整一个星期，大洋都待在旅馆，没有收到任何通知，甚至没人告诉他是否有戏份。

“长时间的等待倒让我有充足的时间学习中文、洗衣服，甚至画窗外的风景，也算是段美妙安宁的时光。”

“你心态真好。”

“没办法，”大洋说，“十天后，我被告知我未被这部电影录用，因为没有外国演员的角色。导演已为我做了争取，但仍然无法在剧本里安插我的角色，我只好收拾行李离开。”

那时，大洋将自己的照片投给了几家经纪公司，其中一家规模较小的公司向他伸出了橄榄枝。

“2006年8月初，我获得了在中国的第一次商业演出机会——一部在长城拍摄的福特汽车商业片。”

拍摄那天，大洋5点起床，6点整抵达北京电影制片厂。其实6点半到达也不晚，但大洋实在太兴奋了，担心自己去晚了会被丢下。7点整，所有外籍演员到齐，经过两小时的车程，他们抵达长城附近的拍摄地，将在一座时髦、新潮的建筑物里拍摄。

“剧组为我准备了一套高档的黑色西装，”大洋笑了起来，“事实上它只是看起来高档。他们还给我做了一个奇怪的发型。”

“你是主角吗？”

“不是。主角是位出生于澳大利亚的演员，欧亚裔混血儿。剧组提供了优渥的报酬让他从洛杉矶飞来，制片方也给他和经纪人安排了不错的酒店。”

“那你扮演什么角色？”

“画廊解说员，算是充当主角的背景，”大洋缓缓道来，“虽然只得到五百八十元的报酬，但我仍珍惜这次机会。”

同年，大洋得到一个参与拍摄英语教学DVD的工作机会，但当得知片酬只有三百五十元时，他有些失望。讨价还价后得到的回复仍是“No”。但对表演的热爱让他接下了这份工作。

“拍摄内容是什么？”

“需要快速记台词，与其他外籍演员在镜头前表演，类似于美剧《六人行》。”在记忆台词和表演方面，洛杉矶表演培训班毕业的大洋充分展现了自己的功底，导演和制片人颇为欣赏，决定往后三周都雇用他。

“我们早上8点钟在五道口乘大巴去片场，当晚八九点回家。最有压力的是要在短时间内记诵大量台词，有一次，只给十分钟时间准备两页对话！我们不得不起早贪黑地记台词。”

“你有没有什么非常手段？”

“有啊。有次在一场戏中，我扮演一位好莱坞观光客，指着一张地图说话，而这张地图恰恰是剧本。还有一次表演在餐厅点餐，我看的是夹在菜谱中的剧本。”

“导演会同意你们经常这样做吗？”

“不是我记不住台词，而是客户——北京大学，要求我们必须依照台词一字不差地说清楚，因为将会有一本配套的书随DVD发行，演员的对话是完全依照这本书进行的，而这本书已经印刷完成了。”

每当大洋念台词出现纰漏时，负责审看剧本、揪台词错误的编导就会立刻喊：“卡！”每天这种情况会出现好多次。

“当时是在8月中旬，北京蚊子成群，而我们恰恰就在蚊虫扎堆的一片湿地旁拍摄。这极大地考验着演员的耐心和抗压能力。”

“不会感到乏味吗，刻板地一遍遍重复？”

“有时候会，但我爱这份工作，所以特别享受。而且剧组也有一群勤勤恳恳的中国工作人员。我每天除了拍摄时，其余时间都说中文，我的演技与语言（能力）每天都在进步。”

深圳的日子

在中国娱乐圈摸爬滚打多年，大大小小的角色都演过，大洋已经从当初的野心勃勃转变为现在的顺其自然。

“从什么时候开始转变的？”

“我一直想在演员这行做出些成绩，但随着时间推移，我越来越觉得这是不可能的，”大洋不由自主地摇摇头，“十年前，我常常会为现实问题而焦虑。随着年龄的增长，这种焦虑逐渐淡化了，甚至不再焦虑。其实只要预期没那么高，一切都好说。”

“你的经纪人不会帮你吗？”

“中国的很多外国演员经纪人都不靠谱。”

“你对家庭有什么规划？”

“我结过婚，但现在我跟她已经分居两年。她在洛杉矶工作。我们现在只是朋友，我尊重她。现在她很独立，之前她总是缠着我。”

“她是制片人吗？”因为我和大洋都在电影行业工作，所以我想当然地以为他妻子也从事电影。

“她在四季酒店做前台。她还喜欢买奢侈品。许多女人喜欢这些东西。而我喜欢健身、运动，尤其是户外运动。”大洋拍了拍自己肌肉发达的胳膊。

“既然你们喜欢的东西截然不同，为什么会结婚呢？”

“当时我有许多压力，自己没有想清楚，”大洋翘翘嘴角，“她跟我结婚后就可以获得美国签证，可以留在美国。”

“现在，她有美国绿卡了？”

大洋点点头。

“她想做演员吗？”

“不。她只是喜欢洛杉矶，想在洛杉矶生活。”大洋指了指身边坐着的一个女人，说：“她也想去美国。”

我看着这个个子高挑的女人，她笑了笑，说：“再说吧。”

对大洋进行采访时，这个女人一直坐在大洋身旁，不言语，但我与大洋聊到高兴处时，她会不时地笑笑。女人中途离席时，大洋告诉我，他以前从没见过这个女人。

“在北京待了七年，买了车，去了好多地方。后来去了洛杉矶，见到前妻，但还是讨厌她，便回北京。她很生气，但我实在忍受不了她。在北京待了两三个月，认识了一个模特，她在深圳工作，为了她，我来到深圳。我们在一起八九个月，她就离开我了。”

“中国女人让我伤心。挺多次。但我还是喜欢中国女人。”

“为什么？”

“白人女人并不能吸引我，”大洋笑了笑，“我家里有太多姐姐和妹妹了。她们跟我打架，我的姐姐要我做家务，我不想做她们就欺负我。”

“后来呢？”

“我很孤单，但是现在，朋友越来越多，我会经常组织外国朋友聚会，以便让我们彼此熟悉，互相帮助。”

“北京和深圳，你觉得有什么不同？”

“北京环境不好，冬天天气冷；但是人很热情，素不相识的人也愿意亲近我、帮助我。而在深圳，我坐地铁时都没有人敢坐在我旁边，甚至连看都不看我；天气热，人心冷，人不热情。”大洋用中文娓娓道来。

“我在北京七年，以为所有的中国人都是这么热情，但是搬到深圳后才发现不是。深圳是一个多元化的、有活力的城市，空气潮湿，对心肺好，但是孤单——”大洋中英文掺杂着说道，“深圳是个不算太大的城市，那里的人也有些冷漠，所以孤单。”

“现在的生活呢？”

“没有压力，没有税，不用养车，生活简单。我多年前来中国后回国探望亲友，跟他们说的都是中国的好、美国的不好。刚来北京时觉得这里是天堂。”

“你想拥有自己的家庭吗？”

“想，但是可能不要孩子，否则自由和个人生活就没有了。”

“退休之后有什么打算？”

“演戏，写书，写剧本，旅行。我是一个闲不住的人。”

大洋去过中国的二十六个省市和地区，最喜欢澳门。

“没考虑过回北京吗？”

“我更想念美国，想念我的妈妈。我每年回去看她两三次。”

“她在哪儿？”

“蒙大拿州，靠近加拿大。”

“今年贵庚？”

“七十五。”大洋用中文说道，“11月份回家，可以帮她打扫院里草坪上的树叶；2月份回家，可以扫雪，很开心。”

“有几个兄弟姐妹？”

“六个，”大洋说，“我是老四。虽然他们离妈妈很近，开车两三个小时就到了，但是也不回去陪她；我离家那么远还回家。”

“是因为距离远才更加想念吗？”

“我二十岁时，就想离家越远越好，一开始是西雅图、洛杉矶，还不够远，便来到北京，现在在深圳。”大洋说着，兀自笑起来，“很后悔那些年没有回去看她。她六十岁生日时我就没回去，当时要拍戏，要开会，不想回去。很后悔。每次想起来都想回家看看。”

“心之栖处是家乡。”我说。

“对。她是我的‘第一夫人’。”大洋笑着说。

Jerson Palaci Estoro

杰森

铁汉柔情

“我不怎么喜欢上海。”杰森笑了笑。

“为什么？”

拳击馆不时传来击打声。进入馆内，抬眼即见“FIGHT REPUBLIC”字样，架子上放着杰森获得的奖杯和一副红色拳击手套。

杰森来自菲律宾本格特省。2009年，杰森来中国河南参加比赛，赛后回菲律宾；翌年，他来北京参赛并获胜。回菲律宾后，又应中方拳击馆邀请来北京教拳击；几个月后，杰森被派往上海负责新馆。

“因为我在那边没有菲律宾朋友，特别无聊，所以我就回菲律宾了。”杰森坐在地板上，一手抓起地板上的拳击手套，拿在手中把玩，我也就地坐下，寻找一个最舒适的姿势。

后来，健身房又邀请杰森负责北京的新馆，于是，2012年杰森再次来到北京，直到现在。

“2013年，有位朋友问我想不想和他一起开一家拳击馆，因为我知道如何运营，也可以做教练。于是，我们开了这家FIGHT REPUBLIC。”

“刚开始来学拳击的人多吗？”拳击馆中有两面相对的镜子，透过面前的镜子，我看到一个穿着灰色T恤、黑色运动短裤，扎着马尾辫的矮个子女人在打沙袋。

“起初来的大多是外国人，后来中国人也多了起来。比例差不多一半一半。”杰森张开手掌晃了晃，前臂凸起的筋显现出来。

逃跑计划

“我从小就喜欢拳击。

“我父亲特别喜欢拳击，每次泰森、阿里打比赛时，他总是拉上我一起看电视。从那时候开始，我就决定长大后要做一名拳击手。于是，我开始学习拳击。”

在菲律宾，到处都有拳击比赛，也有地下拳赛。拳击逐渐成为杰森生命中不可或缺的一部分，他十五岁时就开始参加非职业比赛。

“你平生第一次比赛时是什么状态？”拳击馆中，灰衣女人在一位教练的指导下进行直拳、摆拳、勾拳的练习。教练与杰森一样精壮，一样皮肤黝黑。

“第一次比赛时，我非常紧张，手发抖，心怦怦直跳，又激动，又紧张。比赛前一天晚上我根本没有睡着。”杰森将拳头握起放在胸口。

“比赛进行时，还是紧张。但当我们用拳头互击时，我一下子就忘了紧张，心里只想着怎么把他击倒。”杰森说。

“获胜后可能会拿到五十块钱奖金，”杰森笑了，“还有奖杯。但我们不在乎那些小钱，奖杯对我们来说更重要。”

“第一次参加职业比赛是在什么时候？”

“十九岁。那时候我还在读大学。”杰森笑着说，眼角挤出些许细纹。

“学什么专业？”

“英语教育，”杰森看着我惊讶的表情继续说道，“连我自己都很难相信我读的是这个专业。”

“不喜欢？”

“我不喜欢老老实实地坐着学习。当时没什么感觉，后来做了拳击教练，发现可以将在大学中学到的教育、教学的相关技巧运用到拳击课中。而且，懂英文后，我在拳击方面的发展有了更多的可能性。”

现代社会有“读书无用论”，年轻一代热衷于创业，甚至辍学经商，却不知但凡是知识，总会在某个时刻发挥它的作用。

“那次比赛你赢了吗？”

“赢了。还得了奖金，于是我就参加了更多比赛，开始进行泰拳比赛，并获得2008年菲律宾泰拳冠军。”

“你的家人会在现场给你加油吗？”

“不会。他们不支持我打拳击，要我专注于学业，还说如果当初知道我这样，就不让我读书了。”

“你父亲也不支持你吗？”

“对。”

“但是是他让你爱上拳击的。”

“是，但是他还是希望我像其他人一样按部就班地工作、生活。直到2004年，我二十二岁时，在美国打比赛，那也是我第一次参加国际性比赛，我获得了冠军，拿到金腰带，他们才同意我打拳。我认为这是命运。”杰森说。

“大学毕业后，我没有拿教师资格证，有了这个证，我才可以在中学教书，”杰森笑着，我看着他，很难想象他在教室中教书育人的样子，“后来我离家出走了。”

“为什么？”

“因为父母想让我做一名老师，那就意味着我每晚都要备课，第二天早上要去上课，还要给学生们做测验，”杰森攥起右拳往左手手心击了一拳，摇摇头，笑着说，“每天都做同样的事情，我受不了这样的生活，我绝对不可能过这样的日子。”

“所以呢？”

“所以我偷偷从家里跑出来，去投奔朋友。”

“去了哪儿？”

“马尼拉。”杰森开怀地笑了起来。

“一个人？”

“一个人，”杰森点点头，“我生活很独立，不依靠家里。”

“你在马尼拉做什么？”

“在我朋友的健身房教拳击，”杰森说，“这就是我在马尼拉的生活。”

“在那儿住了多久？”

“差不多四年。从2006年到2010年，其间打泰拳，打MMA（综合格斗）比赛。2008年我开始教拳击。”

“你平时怎么训练？”

“我每天早上都会进行力量和耐力训练，长跑三十分钟到一小时，俯卧撑，仰卧起坐，深蹲，击打，对练。”

“在拳击比赛中，你的身体条件有什么优势吗？”

“我身高一米七八，而且精瘦。”杰森笑着说。

拳击运动给杰森带来过诸多伤痛：肩膀脱臼、鼻梁被打歪、脸颊被打出血……普通人难以忍受这样的痛，但每次他都坚持比赛，并且打败对手，成为冠军。后来由于各种旧伤复发，杰森最终决定退役，转而做教练。

“你最难打的一场比赛是哪次？”

“在菲律宾打MMA，”杰森回忆道，“那次我的眉棱骨受伤，血流满面。鲜血几乎糊住了我的眼睛，让我有点儿看不清楚对方，但我还是连续出拳，拳拳直击对手腹部，赢得了比赛。”

“你的家人一定特别担心你。”

“这就是为什么我从来不让他们到现场看我的比赛，除了我哥哥。而且我父母有高血压和心脏病。待我比赛结束，会拿视频给他们看。”

“拳击对你的日常生活有什么影响吗？比如打架的时候？”

“当然有。我读大学时会街斗，”杰森笑着说，“有次我跟三个朋友从酒吧出来，遇上事儿了，对方有八个人，而我的朋友都喝醉了。对方知道我是拳击手，就挑衅。

“我拒绝跟他们打，他们持续激怒我，其中一个男人一拳打在我的脸上，我就还手了，一个人挑八个人，有的被我打倒在地，有的见状跑得没影了。”

“你经常打架吗？即使是被迫的。”

“一般情况下，我能溜就溜，尽量避免。因为我知道，我一拳下去就有可能把人打死。”杰森左右手握拳互击，“我的拳头、我的胳膊肘、我的膝盖造成的伤害是致命的。”

在水一方

“我跟我妻子是在网上认识的。当时我在菲律宾，她在台湾。”

“她是哪国人？”拳击馆正准备闭馆，馆内音乐突然停了，另一位拳击教练开始打扫卫生。

“菲律宾人。”

“你们算是网恋了。”我笑了笑。

“是啊。我看到她照片的第一眼就爱上她了。后来我要了她的电话号码，给她打越洋电话，视频聊天。”

“当时你们甚至没有见过彼此？”

“是啊。她看到我的拳击照，还有我晒的八块腹肌，同样被我吸引了。”杰森的笑容像孩子一样。

“练拳击是不是很容易吸引女孩？”

“是的。刚开始她以为我比她年纪小。因为我经常运动，所以看上去比实际年龄要小。运动可以使人年轻，保持活力。”

“你们第一次见面是什么时候？”

“恋爱四年之后。”

“四年？”

“对。那时她回菲律宾，我们在马尼拉见的面。她给我打电话，问我对她是不是认真的，我说是，于是她让我去机场接她。见面后，她问我是不是要跟她一直走下去，我说是，于是她就带我回家见她父母了。”

“第一次见面就见父母？”拳击馆突然响起音乐，在低音炮的攻击下，整个馆里的训练器材开始震动，像是要跳起来开练。

“是。”杰森笑了起来，“我非常爱她。她父母很喜欢我。”

“你被她的哪些方面所吸引？”

“她的态度。”

“比如？”

“我不是想从女人身上找乐子，也不是想找外表好看或性感的女人。外在的东西会随着时间消逝，而她就是我要找的那个女人。”

说出这话的男人，他的眼睛与灵魂同样闪耀着明亮的光。初见杰森，总会被他发达的肌肉和健硕的身材吸引，不曾想到一个女人愿意将自己交给一个尚未谋面的男人，正说明杰森的内心像他的外在一样强大美好。或许杰森有过许多爱慕者，但只有看清了这个世界，才知道自己想要什么，想要什么样的女人，想过什么样的生活，想以怎样的方式度过自己的一生。

“第一次见面，我们就开始规划未来：我找份工作，然后我们结婚。”笑容从未从杰森的脸上消失，他黝黑的脸颊泛起微微的红晕。

“后来她去了以色列，我来到中国。”

“你们不会背着对方找其他人吗？”

“她不是那样的人，我相信她，她也相信我。我朋友也问过我怎么能受得了，但为了她，我怎么都可以。”杰森说。

“2014年，我们结婚。婚后，她去了以色列，我来了北京。”杰森笑着说，“我们相恋七年，真正在一起的时间很少。”

“可这不是长久之计呀。”

“她现在在菲律宾度假，两周后，她来北京找我。去年6月份，她也来看过我。

“没有办法，我只认这个女人。”

“这是种怎样的感觉？”

“每天早上醒来，我都想给她打电话，想跟她视频聊天，想听听她的声音。”杰森并没有用过多的形容词来描述这种感觉，“这是一种很神奇的体验，她就是我所珍爱的，她是我的生命。”

“她会一直在北京吗？”

“她会先在北京待一阵子，之后我们会回菲律宾开始新生活，”杰森眼中露出笑意，“我们已经在菲律宾买了房子和车，以后也会生几个孩子。”

“你会在菲律宾开拳击馆吗？”

“会啊，我的合伙人也打算拓展业务，他从菲律宾度假回来后说特别喜欢那里。”

“反复教同样的内容不会枯燥吗？”

“拳击是我的热情所在，教拳击的过程对我来说就像是玩儿，我很享受这个过程，”杰森笑着说，“从早到晚，你不会看到我愁眉苦脸。”

“女人适合学拳击吗？”其实，看看维密超模、Ins红人Gigi* 对拳击的热爱，就知道现在拳击这项运动在女人中有多受欢迎。

“适合啊，不仅可以健身，还可以防身。我还是姚晨的拳击教练，不过之前我不知道她这么有名。”杰森笑着说。

我记起在某时尚公众号上曾看到一篇关于姚晨在健身房练拳击，想成为一代女拳王的文章，当时竟没有认出站在她身旁的杰森。

不久，我便在杰森的拳击馆体验了一次一对一的拳击课。杰森将我的双手缠上绷带，十来分钟热身运动后开始学习正式的课程。时间一久，顿觉自己体力不支，双臂酸痛，胳膊怎么也抬不起来了。

“你学得很快，”杰森不忘鼓励我，“就是肌肉少，没

---

* Gigi，即美国模特吉吉·哈迪德（Gigi Hadid），她曾参加世界著名女性内衣品牌“维多利亚的秘密”举办的时尚走秀“维密秀”，其走秀照片在社交应用Instagram上红极一时。

有力量。

“再坚持一下，还有十分钟。”在杰森的“直拳，摆拳，平勾拳，上勾拳”指令下，我完全是靠意志力坚持了下来。

训练结束后，我一屁股坐在地上，杰森笑着说：“你需要多锻炼。”说完，杰森带我一起做起了俯卧撑，并用器材练臂力。

从杰森的拳击馆出来后，我坐在不远的咖啡馆外歇息。天气不错，天上的云在飘，我的心放松了下来，感觉整个身体都轻了。今天，我只想坐着，一动不动，看着云飘。练习拳击时用力过猛，左手的筋一直抻着，手不自觉地抖起来。

Catherine Colin

凯瑟琳

法国女人为什么不会老?

凯瑟琳来自法国西北部城市雷恩，来北京前，她在香港一家有名的法国美发沙龙工作，职责是在海外目标城市成立分支沙龙。之后凯瑟琳应一位朋友的邀请，帮其打理沙龙品牌。凯瑟琳随即来到北京，在两年内帮他开了四家沙龙。而后她成立了自己的沙龙。

“到目前为止，一共成立了几家沙龙？”

“一家，两家，三家，四家……十家。”凯瑟琳看着我数道。今天她穿了件黑色T恤，左胸前印着“凯瑟琳法式沙龙”的标识。

“用了多长时间？”

“二十二年。”凯瑟琳想了想，说道。

“在多少个城市？”凯瑟琳的沙龙多了“法式”两个字，就被赋予了截然不同的含义。法式，不是英式，不是美式。英式多了些严谨和刻板，美式则多了些懒散和休闲，而法式才有着女人艳羡、男人爱慕的浪漫与性感。

“巴黎、布达佩斯、莫斯科、香港、北京。不算多。”凯瑟琳的头发松散地垂在鬓角。

“很少有工作能给你在不同国家体验生活的机会。”沙龙的一面墙上挂着白底黑字的法语招牌。我仔细辨认着白板上用中、英、法文写的沙龙顾客的体验心得。白板下的杂志架上铺满了缤纷的时尚杂志，我的注意力被一本加菲

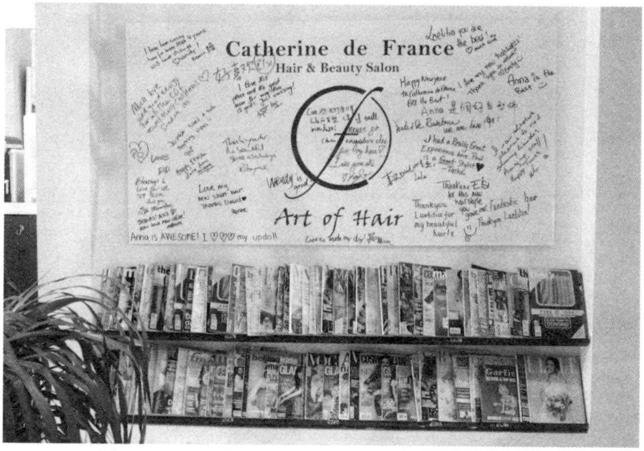
Catherine de France
Hair & Beauty Salon
Art of Hair

猫的画册吸引了。

“对于冒险来说是好的，但是不怎么赚钱。”凯瑟琳笑着说。

“为什么？”

“因为我都是跟别人签合同，为别人打工，自己并没有赚多少钱。”

“你在巴黎学的是什么专业？”

“美发。除了学技能，还要学管理、营销、会计等。”

“美发是一个专业？”

“是的，只在法国才有，花五六年时间学习美发。”凯瑟琳话中带着些自豪。

巴黎女人的优雅举世闻名。坐在街边咖啡馆，点上根烟，戴顶红色贝雷帽，穿件海魂衫，蹬条牛仔裤，踩双平底芭蕾鞋——巴黎雨后的下午，女人一口烟雾吐出，全巴黎的男人都为之倾倒。

你或许在冬日巴黎街头见过一位白发老妇穿着风衣和中裙，拎着手袋从街边匆匆而过。英眉，红唇，凝眸，绯颊，卷发，一样不少。在巴黎这座城市，女人不会变老，浪漫也不会消逝。

“为什么想学美发？”

“我生而如此。”凯瑟琳停顿了一下，捋了捋落在额前的碎发。

“生而如此？”

“我两三岁时就特别喜欢。”

“小时候很多小姑娘都喜欢玩过家家。”

“这不是儿戏，我是很认真的。我知道我会成为一名美发师。”

“你的父母呢，他们支持你吗？”

“不支持，”凯瑟琳歪头看着我说，“他们想让我成为会计。我在雷恩读大学时学的是会计专业，在公司也做了一段时间会计。”

“学了多久？”

“三年。”

“你喜欢吗？”

“不喜欢。虽然我学得还不错，但我知道我是在浪费时间。”

“当时你业余时间做什么？”

“我父母经营餐馆，我没事时会去餐馆帮忙。”

“所以你母亲让你学会计是有道理的。”

“但我不喜欢。”

“你的热情在美发上。”

“对。如果我能让一个人变得更美、更自信，我会很开心。”凯瑟琳歪着头，越过我的肩膀看了看，我转过头，看到店里来了一位女顾客。凯瑟琳让我稍等片刻，便起身去招呼顾客。

女顾客坐在镜前，凯瑟琳摆弄着她的头发并与她轻声交谈。不一会儿，凯瑟琳走至沙龙后与一位金色短发女员工交谈，女员工点点头，接手凯瑟琳的工作，为女顾客做头发。女顾客放松了下来，拿出电脑放在膝盖上打着字。凯瑟琳在一旁看了片刻后，重新回到我与她的对话中。

“今天客人多吗？”我环视沙龙，只有两个男顾客。

“还好，有几个客人是预约后过来的。”凯瑟琳笑了笑，眼睛弯弯。

“中国客人多还是外国的多？”

“差不多，一半一半。”

凯瑟琳法式沙龙上过《Timeout》等杂志，曾为诸多时装周、新闻发布会、国际舞会、慈善晚宴做造型。2017年北京国际电影节期间，法式沙龙的造型师曾为法国演员丹尼·伯恩（Dany Boon）和爱丽丝·波尔（Alice Pol）化妆并做造型。凯瑟琳与杨二车纳姆的私交也不错。

“对北京的印象如何？”

“我挺喜欢北京的。北京国际化、多元化，也有很多有趣的人。北京的天气在春、夏、秋季时是最好的。冬天天气太差，阴冷、干燥，皮肤状况在冬天是最差的。我不喜欢。

“这边的商业机会很多，但我还是会为自己的未来感到担忧。”

“为什么？”沙龙里响起轻快舒缓的旋律。

“作为一个创业者，需要自负盈亏，我觉得有些没有安全感。”凯瑟琳今日并未化妆，也并未刻意打扮。我身边有许多化妆师朋友，不论男女，为别人化妆精致到每一抹脂粉，但自己平日多为素颜或淡妆。

“现在还是心里没底吗？”

“比以前好多了。现在沙龙每天都要开门，我基本每天都会来店里。”

“你有合作伙伴吗？”

“没有。我之前有两个合伙人，但是现在没再合作了，因为当时我经营亏损了。”

“目前有什么计划吗？”

“现在我打算在法国开一家新的沙龙。”凯瑟琳露出了笑容。

“你要回法国？”

“有可能。”

“你的家庭呢？”

“我没有家庭，”凯瑟琳打了个哈欠，“但我在法国的家人会常来看望我。”

“有男朋友吗？”

“没有。”

“有计划吗？”

“顺其自然。我之前爱过西班牙和法国男人，前前后后总共相处了十年时间。现在，我并没有喜欢的男人。”

爱过之后，云淡风轻。法国女人口中的“爱过”，似乎沾染着巴黎各色香水味儿，别具一番风韵。在纷乱的世界，似乎只有在巴黎才有资格浪漫；似乎只有在巴黎，才有法兰西第五共和国历史上最年轻的总统马克龙与大他近二十五岁的中学老师布丽吉特的伉俪佳话。

“有没有特别喜欢的类型？”

“我的标准和品位在变。”凯瑟琳笑着说。

“有没有考虑过中国男人？”

“因为中国男人总是希望自己在一段关系中处于支配地位，希望自己更强大，他们也享受被崇拜的感觉，所以外国女人跟中国男人在一起是有问题的，而中国女人跟外国男人在一起倒是没什么问题。”凯瑟琳眯着眼睛说道。

不论在感情中、在生活中遭遇了什么，用一个清晨的时间化一个妆，不为取悦某个男人，就为自己。这样，无论遇到什么，似乎都不会乱了阵脚，因为笑容始终都在，因为日光在脸颊投下的晨曦红晕一直都在。

采访翌日，凯瑟琳要为到访北京的挪威总统化妆、做造型。凯瑟琳凭借化妆和美发，走进了许多人的生活——这些人是我们想都不曾想过的，而她却已经习惯了这样的生活。人与人之间的短暂交集或许是命定的，而相交后的短暂欢愉，似乎注定在未来某天成为记忆中最美的片段，似乎这才是意义所在。

就是这样平常的某个周日上午，当你赖床时，当你在某人的臂弯中梦游时，当你饮尽美酒时，有人已经在寻梦的路上走远。

Rick Garson

瑞克

关于公告牌音乐奖创始人
瑞克·加森的一切

瑞克点了两杯橙汁、一杯姜汁、一杯火龙果汁。他像往常一样戴着墨镜，穿着黑衣服。第一次见瑞克时是冬天，那时的他留着金色长发，围着紫色围巾；第二次见瑞克时仍是冬天，他围着豹纹围巾。转眼间，夏天都已经过去，而他仍是金色长发，着黑衣。

看菜单的时候，他将墨镜推至鼻梁下方。透过镜片，我可以看到他闪动的睫毛，还有不时搭在肩头的金发。瑞克的一头金发走到哪里都招人注意，仿佛能带出走红毯的气场。

国际知名电视及音乐制作人瑞克·加森是好莱坞的风云人物，他曾于2008年担任北京奥运之“世界女高音北京演唱会”（*Divas in Beijing*）电视版的制片人。瑞克还曾包装并推广迈克尔·杰克逊*Bad Tour*世界巡演，担任公告牌音乐奖（*Billboard* Music Awards）的发起人和制片人，开发、推广滚石乐队按点播次数收费的音乐特别节目。

从2008年到2012年的四年间，瑞克经历了被中国商人欺骗和辜负的绝望，他几乎要放弃回国。但2013年，他毅然选择定居中国，并成立了VX Entertainment影视公司，致力于为“浸媒体”时代提供世界级优质内容，其开设的结合投影技术、虚拟现实和全息影像的高端混合现实展厅，是中国第一家混合现实展厅。

有些人，只要开始做一件事情，就会做到最好，瑞克就是这种人。VX Entertainment受奥姆尼康集团（Omnicom）的邀请，参与了国际消费类电子产品展览会（CES），与谷歌等行业巨头一同参展，并与多家跨国企业建立了合作关系。

如此说来，一个人的一生还能活成什么样才算精彩？但是，最近瑞克有些烦恼。

“为什么？”

“我想过不一样的生活。”

“怎么不一样？”

“一直以来，我的生活中除了工作还是工作。每天早上醒来，去工作室，开会，回家。”

“我以为你喜欢自己的工作。”

“我是喜欢，我也很享受，但是某次跟朋友的聊天让我惊醒，”瑞克微皱着眉头，“她说我的生活了然无趣。”

我的心颤了一下，瑞克继续说道：“为了工作，我牺牲了很多东西，比如感情。面对工作，我做出了很多选择和妥协。”

“你会后悔吗？”

“不会。现在，我想做些更加有意思、有趣的事情。”

“疯狂的，未曾体验过的，不顾旁人眼光的。”我补充道。瑞克翘翘嘴角，笑了起来。

瑞克成长于美国中产阶级家庭，父母是来自芬兰的移民。家中有三个姐姐，全家人住在费城。

瑞克大学时学的是绘画与雕塑，1990年从波士顿大学毕业后，他想在加州的山上搞创作。从那时起，他便是长发飘扬的文艺青年，怀抱着理想主义，向往艺术家的生活。但阴差阳错，瑞克认识了时任福克斯娱乐集团的高层，由此进入娱乐行业。

经历了世事，看遍了这个世界之后，瑞克想过一种不一样的生活。瑞克去过世界上大部分国家，体验过世间大多数人未曾体验过的生活，但几乎所有的旅行都是商务旅行，他也难得休一个完整的假期：他所有的生活都是围绕工作展开的。瑞克是忍受得了寂寞、单调与无趣生活的人，他得到的和付出的也比大多数人多。但忙碌几十年后回首，总是觉得少了些什么。瑞克已经很久没有体验那种汗毛竖立、双目灼热燃烧的感觉了。

“我希望遇到一个特别的女人。我想与她在海洋上的某个岛屿开一家咖啡馆，打理打理花园和房子，过平淡的生活。”瑞克说。

瑞克住在北京繁华地段的一所大房子里，但是房子空荡荡的，像是未经改造的车间，说话时能听到回响，走路时能听到鞋跟与地面碰撞发出的清脆的响声。夜晚，这种空旷甚于布拉格城郊的古堡。只不过瑞克的“古堡”有水有电，有北欧简洁的装饰风格，有凉飕飕的风从忙碌的市井生活中吹来。保洁阿姨每月来打扫四次房子，每一次打扫都把这个叫瑞克的男人的生活痕迹擦抹掉，让人每一次进门都像第一次光顾这套装修好后放置了半年然后出手的房子。硕大的冰箱里只有罐头、饮料，没有蔬菜，没有肉鱼禽蛋，没有烟火气息。或许对他来说，房子乱糟糟才会显得热闹些；或许对冰箱来说，有些酸臭的味道要比味似白开水有趣。

什么是有趣呢？在哪里才能过上一种平淡的生活呢？北京吗？北京很有趣，可北京的人们鲜有甘于平淡、归于平淡的生活态度。在这座城市里，每个人的孤单是把自来水当淙淙的泉水，把悬挂着水晶灯的天花板当迷蒙的天空，把灰色的地板当肥沃的辽原。人们在城市的荒原中做着观天的美梦，这个梦永远没有终点，做梦的人等待着东风吹送暮潮，捡拾搁浅的面目全非的梦境和看不见的欲望。

小酒馆

在距离瑞克的工作室不远的街尾，有一个叫Plan B的小酒馆，每天人头攒动，一半以上都是外国人。天气冷时，人们拥挤在吧台或酒馆深处谈天、饮酒、扔飞镖、玩答题游戏，酒馆在温暖的气氛中躁动起来；天气好时，酒吧门前便摆起长桌，招待来自世界各地的人们。在这里，每个人都是新鲜的，每个人都有自己的特点。瑞克的特点就是好客，比酒馆主人还要热情。

瑞克问候每个到来的朋友，为每个到来的朋友买酒，似乎这里的人他都认识，这里的酒是专为他倒入杯盏；似乎在冬夜或夏夜，只要踏入酒馆饮尽这杯灼胃的shot*，就是一家人了，无论你是失恋的播音员、要结婚的酒馆主人、侃大山的设计师，还是闷不作声的足球教练。

而“独在异乡为异客”的忧虑与困惑能与谁言说？尤其是在北京这样一座让人时而充满希望又时而绝望的城市里。

瑞克走到哪里都是呼朋引伴，或许某天，他碰到了那个他想象中的特别的女人，便会与她一起呼朋引伴；或许某天，他不再非得将自己置于热闹的人群中招呼着每个到来的客人，因为他的目光再未从她的身上离开过。

---

* shot，一种量酒的单位，此处指用短小的shot型号酒杯盛放的烈酒。

三十九岁

“VR热潮正在兴起，交互性的混合现实能激发用户的兴趣——人们想用VR技术来创造独一无二的听觉、视觉、触觉，甚至是味觉的体验，而当下的VR技术还做不到这一点。VR可以应用于娱乐、教育、保健、制造业和奢侈品行业。”瑞克边吃着鸡肉牛油果沙拉边说道。

VX Entertainment要制作令人拍手叫绝的全媒体通用的内容，瑞克希望在未来两到三年内可以成为行业领跑者。

同瑞克的谈话总是绕不开他的工作。他现在的团队成员来自不同文化背景：英国、美国、香港、北京……他在他们面前既有领袖气质，也有伙伴的温和与幽默。尽管瑞克曾在仙妮亚·唐恩（Shania Twain）的演唱会担任首席吉他手，见证过好莱坞巨星的辉煌瞬间，但他却并不高冷，永葆一颗童心。现在，瑞克似乎更有烟火气了，他在工作室养了一只白犬，取名“他很”，幼犬温柔地打着呼噜，舔着他的手掌。瑞克最近一次休假是在去年冬天，在东南亚的某个海岛上，每天只是放松，什么都不想，什么都不做，只是躺在沙滩上，卧在泳池边的躺椅上看海生日，看远帆，数飞鸟。

我看着喝着果汁的瑞克，看着他手上戴了许多年的银色手链，眼前的他似乎变得更生动，只是他的年龄一直是一个谜。

“父亲曾对我说，当你六十岁的时候，别人问到你的年龄，你要说，从此我只过三十九岁的生日。”瑞克说，“只要你内心是年轻的，你就是年轻的。”

Shawn Moore

莫灵风

小提琴家莫灵风

“为什么会有疤痕？”肖恩眉毛上的伤疤引起了我的注意。

“打架。”肖恩翘了翘眉毛，用中文说道。正当我信以为真的时候，他一边笑着一边比画着说道：“我踢足球时，在空中跟对方争球，结果头撞头，当时皮就裂开了。”

肖恩中文名叫莫灵风，是他在巴德学院学习小提琴时的中文老师起的。巴德学院创建于1860年，是美国一流的文理学院之一，学校位于纽约州素有博雅教育重镇之称的哈德逊河畔安南戴尔一带。

“为什么选‘莫’字？”

“因为我的英文名字是Shawn Moore（肖恩·摩尔），取谐音，‘莫’也是‘莫言’的‘莫’。”他笑着说，“但是朋友们一般叫我Shawn。”

“当时你们班里对中国文化感兴趣的、学习汉语的人多吗？”肖恩的第二学位修的是亚洲文化。

“当年刚开始有人对中国文化产生兴趣，后来这些人纷纷学习中文。”

“很有意思，你刚才用了并非日常用语的词。”我笑着说。

“嗯，像‘纷纷’。”他也笑了起来，“我上大学那年是2006年，两年后奥运会将在北京举行，当时算是有一阵中国热。”

肖恩来自美国芝加哥，于2008年在青岛读语言学校，这是他在中国的第一站。在青岛，肖恩交了一个中国女朋友。

“她是我的声乐老师。”肖恩笑着说。

“哦？”我抿嘴笑着，“师生恋。”

“不算啦。后来我回了美国，当时再次回到青岛时，她已经不教我了。”肖恩大笑起来。肖恩那次回美国后，因为不知道何时再回青岛，两人便分开了。

“吃蛤蜊喝啤酒。”肖恩用山东口音的普通话说道。

肖恩有音乐和语言天赋，他曾经跟丁广泉老师学过相声。问及为什么没有去做相声演员，肖恩说：“那不适合我，我不想去‘耍猴’，就像我在台上，观众在台下指着我说：‘哎，你看那个外国人会讲相声。’”

肖恩爱笑，说话时总带着笑容。我一度失控，忍不住大笑起来，似乎什么都不用做，我们相视笑了整整一分钟。

音乐世家

“小时候学音乐会觉得枯燥吗？”

“不会，我的成长伴随着音乐的熏陶，要么父母弹琴，要么自己听录音，要么自己拉琴；父母学过声乐，我们也会一块儿唱歌，虽然小时候我们都被逼着学音乐。”

阳光很好，坐在肖恩旁边的男人时不时转头看看我和肖恩，嘴角上扬。过去，外国人在中国是稀罕的，许多老百姓看到金发碧眼的老外还会与其合影留念；现在，外国人在中国的大街小巷穿行，已鲜会引起太多注意。

“我们全家都玩儿音乐。”肖恩出口即是地道的中文，略微带着儿化音。肖恩曾在大学系统地学过四年中文，他来北京前的中文水平跟现在差不了多少。

“我爸会长笛、吉他、钢琴，我妈是音乐老师，我弟弟和姐姐也玩儿音乐。我有一个姐姐、两个弟弟，姐姐已经生了一大堆孩子。

“但我爸后来没有从事音乐，创业去了。”

我愣了一下，“创业”这个词从肖恩口中以中文的形式表达出来，颇有意思。在中国的外国人，除了公司高管和留学生，创业者似乎并不少见。

“他开了一家油漆公司，”肖恩停顿一秒钟，笑着继续说道，“结婚生孩子后没钱了，就不搞音乐了。”

“艺术家有时候很难平衡生活与创作。”我说。

“艺术家有时很赚钱，有时根本不赚钱。但无论如何，演出我肯定不会放下。”肖恩目前还是北大附中驻校音乐家，定期演出，并围绕一些主题为学生设计一系列曲目。中文字词轻快地从肖恩口中涌出，此时的他完全是个长着外国人面孔的中国人。

“我姐姐不擅长上台表演，其实她钢琴弹得特别好。高中毕业后她就没有继续学音乐，改行做护士了。我的两个弟弟还在玩儿音乐，我们上的是同一所大学。他俩分别比我小两岁和三岁半。”肖恩说着，跷起二郎腿，我一眼看到了他脚蹬的一双灰色老布鞋。

“你们的音乐是什么风格？”

“我们都是古典音乐出身，也玩儿美国乡村、流行、摇滚音乐。一个弟弟在做巡演。我们什么都玩儿，爵士也玩儿。”

“你最喜欢的音乐家是谁？”

“巴赫，非常古典派。”肖恩笑着说道，阳光落在他肩头。

“音乐对你意味着什么？”

“我曾在某天决定，从此不把音乐放下，它让我在平凡的生活中活下去。”他想了想，笑着说，“很难想象我的生活中没有音乐。”

“你的音乐有没有吸收中国音乐的一些元素？”

“我很喜欢听中国音乐。我一个要好的朋友是古琴老师，我很喜欢中国的传统文化。二胡我也试过，可以拉出声，跟小提琴有相同点。音乐的概念是相通的。”

室内乐

肖恩邀我去听室内乐。他会与朋友定期排练室内乐。“谈笑有鸿儒，往来无白丁。”在门口，听到屋内传来说笑声，其中夹杂着中文和英文。

我敲了几下门，听到肖恩说着“应该是”，下一秒钟，门开了。肖恩冲我笑着，我入室。

一行人围坐在桌前谈笑吃饭，他们已经排练过一次了。我入席，边喝红酒边听他们谈论音乐。墙上悬挂的一幅巨型图书馆海报吸引了我的注意。

“这是哪里？”我问道。

“法国的某个图书馆。”大提琴手塞吉一手搭在椅背上，一手放在桌面，转身看着墙上的海报。

“但不是在巴黎。”坐在长桌一头的戴眼镜的男主人说道。

“你去过？”塞吉问道。

“只是眼熟。”男主人说。

肖恩一直笑着，他对对话的反应有着中国人的性格特点：谦虚，又不乏幽默感。

餐后，排练开始，钢琴、小提琴、大提琴同台演奏。肖恩穿着藏蓝色Polo衫、灰蓝色裤子、条纹袜子。他翻动

着乐谱，时而仰首，时而皱眉，时而展颜，时而前倾，时而挺直腰身。

肖恩开设室内乐课程，教学员怎样欣赏音乐。

“对于古典乐，大部分人不知道怎样入门、怎样去欣赏。某种程度上，如果没有乐理知识和背景知识，很难理解古典音乐。

“可以从了解这些音乐象征了什么入手。古典音乐很抽象，室内乐也很抽象，但它们都是有内涵的。我会给学员讲解快弓、大调换小调的意义，来帮助他们理解古典乐，而每个人对音乐的感受和理解也是不同的。

“我前段时间给有钱人上过课，给他们做了一点儿理论上的介绍。很多搞古典音乐的人会鄙视做流行音乐的人，因为流行乐根本就不复杂，听着会无聊。”

小提琴过去是欧洲贵族学习的乐器，而吉他是吉卜赛人的乐器，人分三六九等，乐器似乎也随之被贴上了标签。到了现代，随着经济水平与生活质量的提高，家长们纷纷要求子女学习钢琴、小提琴、大提琴等高雅的乐器。肖恩有个四岁的学生来自山东泰安，每周他的家长都会陪他来北京学习。

“流行乐没有层次，无法反复回味。”我说道。

“古典音乐的和声进阶比较复杂，”肖恩说，“正是有这些变化，音乐才会有趣；无论是观众还是音乐家，都能感受到极大的乐趣。”

肖恩左手捻弦，前臂的静脉突出。他的手指白净修长。看着他的那双手，你觉得那是冰冷的，但又是有温度的。

旋律时紧时慢，音乐家们精力高度集中。中场休息时，肖恩靠在沙发上，双腿交叠。我注意到他袜子的脚掌部分用黑线缝了又缝，脚后跟部分被磨得有些透明了。能拉得一手好琴，任何华服、任何色彩都是多余的。

友人如织

2009年，肖恩在中国学习一个学期后回到美国，之后每年巡演都会来中国。后来，肖恩在耶鲁大学读了两年音乐硕士，并且学习了韩语。

“中文与韩语哪个好学？”

“不一样，韩语语法我觉得比中文的难多了。韩语动词放在后面。”

“哪几门语言是你熟练掌握的？”

“英语、汉语、韩语，交流没问题，”肖恩想了想说道，“高中时学过西班牙语和法语，但是我现在不怎么会说了。从耶鲁毕业后我拿到学校的一笔奖学金，去韩国首尔学了语言。”

“为什么毕业后还能拿到奖学金？”

“耶鲁就是有这种福利，他们比较有钱吧。”肖恩眨眨眼，笑着说。

“在韩国时也玩儿音乐吗？”

“对，除了学语言，我还参加了很多演出。”

完成在韩国的学习之后，肖恩于2014年秋天以巴德学院招生主管的身份再次来到北京。

“为什么选择北京？”

“我跟巴德学院的校长很熟，校长是指挥家，2012年我们在中国演出时，我做主持人。正好学院在北京需要人，校长问我想不想来，于是我就来了。”肖恩笑着说，“这是我梦寐以求的。其实北京也是很特殊的，它既是文化中心，也是教育、政治中心。”

朋友在肖恩的生活中占了很大的比重，他的朋友来自金融、音乐、相声、创业等领域。

“我在耶鲁有个要好的中国朋友，是拉大提琴的，叫张博，我来中国前他给我介绍了一个在北京的朋友，是弹古琴的，这个古琴老师现在是我在中国最好的朋友。”

“古琴老师多大年纪？”

“比我小。”肖恩说，“中国有句古话：‘三人行，必有我师焉。’不论年纪，不分性别。”

肖恩生日这天，他的朋友们在瑰丽酒店开了间套房为他庆生。虽然朋友们保密工作做得不错，想给肖恩一个惊喜，但肖恩还是预先猜了出来，并邀请我一同参加。我在一家古旧的店铺买了一套巴赫的老唱片，揣在怀里，赴宴。

这天下雨，下车时雨停了。我拎着雨伞，从瑰丽酒店后门绕到一层大厅，还没等到肖恩的室友威廉姆斯跟朋友下来接我，转头便看到肖恩背着小提琴从正门走了进来。肖恩穿着一件灰色衬衫，在他抬头的那一瞬间，他看到了我。我们相视一笑。

朋友们为肖恩做了红丝绒蛋糕，上面用蓝色涂料歪歪扭扭地写着“super sweet 16”。其间，肖恩拿起朋友送的发着蓝光的透明小提琴演奏起来。我们围站在肖恩身边，在音乐中摇摆着。此间，我似乎感受到了某种快节奏城市生活中难以捕捉的趣味。

这是最好的时光，这是最自由的年代。在这样的时光、这样的年代，遇到这样的音乐人，是多么幸运！

夜深，我突然意识到，套房里多了些陌生的面孔，而对大部分人来说，我是那么陌生。

希腊诗人兼教师斯泰利奥斯看着手机屏幕，读着他写的诗歌。被人从楼下酒吧拉上来的化着精致妆容的姐妹花，一边笑着，一边回应着男人们的簇拥与殷勤。

窗户玻璃上映着房间里的人；窗外，灯流闪烁，汽车排起长队。音乐声愈大，夜愈静。或许，从几百米的高空望下来，我们都生活在一个玻璃房中，房里放着音乐，有人舞蹈，情意缱绻。

中国之子

“为什么会对亚洲文化感兴趣？”

“我小时候有个特别要好的朋友是日本和加拿大的混血儿，他爸是典型的日本人，是一位工程师。他特聪明。他家里的布置很日式，他爸也基本不说英文，他跟他爸说日语，跟他妈说法语，跟我说英语。

“我对东方文化的了解是从那时候开始的。小时候在芝加哥跟那边的老师学琴，很多在美国拉小提琴的人是亚洲人，他们的父母很重视这些。我的很多同学也是亚洲人，很少有白人、黑人。”

“看没看过一些关于亚洲文化的书籍？”

“我现在在看这个，”肖恩从包里取出一本名为《Zen》

的书，“讲的是精神分裂症和哲学；也在努力读一些韩语小说，很难，很有挑战性。”

肖恩经常写东西。他写东西时会将汉语、韩语、英语、西班牙语混在一起用。“别人看我的日记会很费劲。”他笑着说道。

“其他的书籍，比如苏童、余华、莫言的书，看了很多。家里存了很多书，要花时间读完，以后准备读一下《道德经》。”肖恩说。

“大学时学过古文吗？”

“一点点。”

肖恩喜欢张艺谋和贾樟柯的电影，大学时也很喜欢王家卫的浪漫风格：“故事也没有结尾，不让人满足的感觉还挺好。”

肖恩大学时代留着长发，却过着清教徒式的禁欲的生活，每天除了学习，就是练瑜伽。这跟肖恩从小接受的家庭教育有很大关系。肖恩的母亲是典型的虎妈：严格、严谨，知道自己想要什么，知道自己应该做什么，知道应该怎样教育子女。

“读高中前，我从未在学校上过一天课。我妈在家里教我和我的兄弟姐妹，一般人很难做到。”

“她所有的科目都会吗？”

“不会，所以她要我们自己看书，自己琢磨，自己做题。”

“那你为什么不在家把大学上完？”

“我从小跟家里的兄弟姐妹生活在一起，从来没有在学校上过学，我想体验一下不同的生活。所以，是我要求去学校上学的。”

“你跟学校同学的关系怎么样？有没有交际上的问题？”

“那倒没有。有些同学从小我们都在一块儿玩儿，很熟。”

“你的成绩怎么样？”

“很好。”肖恩笑着说。

“你的优势在哪儿？为什么会比其他学生成绩好？”

“因为我妈教会我的不是书本上的知识，而是学习、思考、钻研和解决问题的能力。这在我的小提琴学习、语言学习上都能体现出来。如果我想做一件事，就会用我的方法把它做好。”

“你听说过利玛窦吗？”肖恩嘴角上扬。我点点头。

“他是第一个被允许埋葬在中国的外国人。我很崇拜他。”他继续说道。

“为什么？”

“他很厉害。他能被允许埋葬在中国，说明他得到了——”

“认可。”我俩异口同声。

“以后有什么打算？”

“想做一个文化中心。”肖恩收起了笑容，看着我的眼睛。巴德音乐学院即将在深圳开办学校，肖恩负责整个亚洲地区的招生。

“你要在北京待多久？”

“目前没打算离开，不知道。我挺爱中国的。我去过很多国家，但是我在中国待着最舒服。”

“为什么？”

“说不上来，一种共鸣。中国人很好客，北方人比较直爽。”肖恩的中文流利、地道。他常笑着说自己是“假洋鬼子”。

“那你的性格偏北方？”

“偏北方。美国中部人比很多中国人保守。我家里人也是这样，宗教氛围比较浓厚。”

“你信教吗？”

“我不信。家人尊重我的选择。”

今年年底，肖恩将与朋友策划一场古典音乐节。

Senan Mashat

司南

也食人间烟火

“我想去看看我从未到过的地方，体验未知的文化，学习未知的语言。我想做些不同的事情。”司南申请了中国、俄罗斯、韩国、日本的工作。

“中国给了我一份工作，所以我就来了。”借由纽约大学的项目，司南来到山东东营，在国际学校教历史及英国文学。

“这些学生未来大部分要到美国留学。他们年纪轻轻，思想深刻、国际化，眼界开阔。

“我很喜欢东营这座城市，由此，我才认识了中国。东营不算大城市，许多人不会讲英文，我不得不学习汉语，不得不适应当地的文化习俗。”

“没有外国朋友吗？”

“有，很少，但我们关系很亲近。东营不像北京这样充满活力，如果我一开始就来北京，可能就不会学到那么多东西了。”

“你跟当地的朋友还有联系吗？”

“有啊。去年圣诞节我去泰国旅行时，看到一个东营的朋友在微信朋友圈分享她在曼谷的照片，”司南翘了翘眉毛，笑着说，“我跟她说我也在泰国，于是我们就见面了。这是离开东营后我们第一次见面。”

离开东营后，司南本想在中国待一年就回国，但他已经习惯了这里的文化和语言，便申请了北京、青岛、上海、广州、深圳、香港的工作，北京向他敞开了怀抱。目前他在人大附中教英语和法语。

“很难想象，他们才读高中就开始学习第二门外语，他们学习能力很强，适应力也强。”司南说。

“你的适应力也很强。”

“我喜欢尝试不同的东西。”

“比如冒险和旅行？”

“是的。其实在这个世界上，只有一小部分人在其他国家旅行或生活。欧洲人旅行相对频繁，因为欧洲的国家小，又大多彼此毗邻。但其他地方的人在非本国成年累月生活的不多。北京是个大熔炉，这儿的人热情友好、真诚，有些纯真的感觉是在西方人身上看不到的。刚开始时我谁都不认识，现在我已经在北京找到了家的感觉。在这儿，你总能找到志同道合的人。”司南说。

“生活是用来享受的，”司南眼中闪着光彩，“除了北京的交通。我住在海淀区，每次到市中心都要堵车，要一两个小时才能到。”

初来乍到的司南或许并不知道，在这个城市，越是热闹的日子里，越是有人失落，人们越是健忘。

不悔

“我来自伊拉克。我的家人来自伊拉克，后移民美国，现居西弗吉尼亚，”他笑了笑，“就是歌里唱的那个地方。但我出生在英格兰。我少年时随家人去了美国。”

司南大学时学习国际政治与法语，获得法语硕士，曾在法国的大学教英文。

我听着司南讲述他的过去，除了去过许多国家，去过中国的东营、青岛、无锡、厦门等城市，司南在职业与爱好上并无太多出彩的地方。司南喜好读政治学、社会学方面的文章，小说也是他读书清单中的一个门类。

“工作之后，很少有人花时间读书，读的话也多是工具书或心灵鸡汤。”我说。

“每个人想要从书中得到的信息是不同的。”司南说道。

“最近在读什么书？”

“我刚看完乔治·奥威尔的《1984》。但我有些失望。”

“为什么？”

“因为整个故事讲述的方式。小说情节展开得太快，基本上看完一个章节，下一个章节的内容就会发生翻天覆地的变化。我不能真正享受故事展开的过程、细节的描述、氛围的营造。”

唱卡拉OK是司南在北京最喜欢做的事情之一，他能连续唱四小时。这是他在中国生活的一部分。

“如果我无聊了，我会去KTV，”司南眼中冒着亮光，“我喜欢KTV里面的氛围，那是很私密的空间，朋友之间很亲密，唱歌的时候可以表达自己的情绪。即使跟你一起唱的不是你的朋友，也会觉得很棒，那是一种分享，我觉得KTV本身就是一个很美好的事物。”

“你在国外时唱KTV吗？”

“唱。但是国外的KTV跟中国的不一样。国外唱卡拉OK是在舞台上，舞台前方有一个屏幕显示歌词。我更喜欢中国的卡拉OK。”

与司南谈天，你会重新爱上自己，爱上自己的生活。因为你会发现，原来，自己高看了自己，自己对自己并没有那么好，反而变本加厉地残忍地对待自己。我们曾经有那么多梦想要实现，我们野心勃勃，我们处心积虑，我们发誓要做些惊天动地的事情。这样的生活又是为了什么？为了能安宁地来一局德州扑克？为了能心无旁骛地与朋友尽情K歌？还是为了能在若干年后告诉自己不后悔？

烟火气

“从什么时候开始的？”司南喜欢德州扑克，常在鼓楼、三里屯或望京的酒吧与友人结伴打牌。

“2016年。在东营时的一个朋友教我的。”

这天，司南与友人在三里屯Yard House（庭院咖啡）玩德州扑克。窗口旁的墙面上贴满了明信片、照片及海报，墙上挂着电视，窗口两旁的凹槽中摆满了酒。同座玩德州扑克的有外国人也有中国人，其实这项活动并不需要多少语言交流。

看着在座的人，我突然想起司南曾经说的：“在法国，每个人都在用法语谈论天气、谈论交通拥堵，你不会觉得法语有多么浪漫。”从法国旅行回来后，我仍是觉得法语比我之前了解的要美。或许我在现在的工作和生活中用不到法语，法语在多数旁人眼中于我就是没用的、没有生产力的，但司南仍热心地帮我找了一些教材。他的学生平时学法语会看他带来的法语杂志，简单易懂，接地气。

Yard House正对着一家私人订制服装店，服装店的橱窗里摆着黑色西装和红底大花修身旗袍。Yard House里的灯光变着：蓝色、绿色、紫色、玫红色。

司南的那些用十个手指头都数不过来的爱好，算有用

50
100

吗？司南还喜欢国际象棋和游泳，喜欢读有关汽车、飞机、火车等交通工具的书。司南的这些爱好并不够吸引眼球，也不够刺激。这些是否就是无用的呢？没有带来可观结果的事，就是没用的吗？是不是能赚钱才算有用，能得利才算有用？找个男人要能给你买房买车买奢侈品才算有用，找个女人要能给你做饭铺床、陪你遛弯睡觉才算有用？什么时候，“要你有什么用”成了张口就来的流行语？

我们曾沉默地爱着某个人，以自己的方式。爱到最后，是过上了沾染了烟火气的生活。鲁迅与许广平的《两地书》中，鲁迅向许广平书写着自己在厦门的生活日常：“昨日到市去，买了一瓶麦精鱼肝油，拟日内吃它……我今天所搬的房，房子颇大，是在楼上……我到邮政代办处的路，大约八十步，再加八十步，才到便所。”激情褪去后的相濡以沫，或许才是爱一个人最好的方式。

但我们生活的年代，似乎不适合这样的琐碎白描。我们曾经也期盼在平淡生活中心安理得地拥抱、发呆、吃茶、奔跑。可人总是喜欢比较，比谁有钱，比谁美，比谁有耐力，比谁能耗得过谁，可这之后你又得到了什么？你工作起来的时候六亲不认，你游玩时心有戚戚；你爱着时左顾右盼，你恨着时却无法心狠手辣；你欢欣时呼朋引伴，你受伤时却无人问津。你的颜面惨淡得如萧索的冬日，你的心如含弹孔的一堵墙。你一个人在雨中奔跑，你一个人在夜晚流泪，你一个人忍受着别人的误解与非议，你一个人在深秋抹去最后一丝油彩。这悲哀在于，明明大多数人的一生都注定是平凡的，却有那么多人不忍直视这样的现实，并以做个有烟火气的人为耻。

司南是个有着烟火气的人，他会抱怨中国人做饭放很多油，也会纳闷儿为什么中国人不怎么吃奶酪。司南喜欢吃奶酪，任何种类的奶酪：希腊的菲达奶酪、意大利的帕尔玛奶酪、法国的萨默塞特奶酪。

“中国人什么都吃，但就是不吃奶酪。”他说。

我与司南聊着天气、旅行、美食、历史，这场对话结束之后，将是晚上8点钟，或许司南首先要想的，是晚餐该吃什么、选哪家餐馆、跟谁一起用餐。也许，最终我们只是一个普通人，过着普通而平淡的生活，嘬着酒，吹着牛皮，忆着当初的英雄梦。

成群的塔楼，背阴的红墙，拥挤的广场，凌乱的鸟群，纠缠的电线……在这个城市，有烟火气的人总会给人以温暖，尤其是在冬日。

George Doupas

乔治

执子之手，一路向西

乔治给我拍照时，仍是盛夏。楼下花园中，林间不时吹过一缕风。乔治调整灯光的时候，我站在树荫中，注意力被一个银发老妪吸引住了。她挎着一个灰色布包穿过咖啡馆后的一片草坪，从布包里抓出几把猫粮放进食盆，拿出一小瓶矿泉水，把水倒进碗里。老妪挎着包离开后，一只黄斑花猫不知道从哪里悄悄溜了出来，蹲在食盆前进食。猫和它的食物笼罩在咖啡馆的阴影中，绿色的藤蔓植物将咖啡馆的外墙包围。乔治戴上帽子，拿起相机，将目光投向阳光照过来的地方，让我往前一步。我站在光斑中，他按下了快门。

执子之手

“我将希腊的一切都留下了。开始了新的生活。”2004年，乔治在雅典的中国文化展上遇见了他现在的妻子的上司。他的妻子在北京文物局从事历史研究工作。2004年，她邀请乔治来北京；翌年，乔治以背包客的身份第一次来到中国，走访了西安。在随后的几年里，他又多次来到中国，看了越来越多的地方，终于在2009年定居北京。

“喜欢这儿吗？”

“喜欢。在中国旅行时，我多次感到震撼，有许多难以忘怀的瞬间。”

“具体指什么？”

“我看到许多山川河流，遇见当地友好热情的人，他们不少是少数民族。他们是普通人，但是也不普通，他们比我们看得更透彻。”

“你最喜欢哪个地方？”

“从我已经走访的二十二个省份来说，我最喜欢云南、新疆、贵州、四川西部、福建南部。”

“许多中国人都没有去过这些地方。”

“每个地方都有它的美。比如——”乔治转用中文说，“土楼。”

“你一个人旅行吗？”

“有时候一个人，有时候跟妻子一起。”乔治与妻子养了两只猫，一只叫Snowy，一只叫Nefeli，它们是乔治在胡同里发现的流浪猫。

“为什么喜欢旅行？”

“我喜欢看不同的东西，而且旅行得越多，越想再次出发。”

摄影师或许是个令人羡慕的工作，可以像《廊桥遗梦》中的《国家地理》杂志摄影师罗伯特·金凯，在世界广袤的大地上游走，捕捉美丽的事物。摄影师可以去很多

地方旅行，看不同的人，听不同的故事，但一路上的艰辛只有自己知道。

“四五年前，有位摄影师朋友看到我拍的照片，要我带他一起去拍照。但是他不能忍受与当地居民同吃同住。而我很喜欢乡村生活。

“不是每个人都能忍受这些，有些摄影师就受不了。他们喜欢我拍的照片，但是不喜欢拍摄这些照片的过程。在外摄影，有时候条件不错，有时候只有很基本的（生存）条件。每当朋友看到这些照片后问起，我都会跟他们说，拍这些照片花费了很多心血。”乔治看着我说道。

“活这么大，我遇见的最好的人，都是在乡村。我跟我妻子在云南旅行，村里的一个男人招呼我们进屋喝茶。他问我是不是外国人，我说是，他问我妻子是不是中国人，我说是。他问我从哪国来，我说希腊。他说太阳之下，中国人和外国人都一样。我在旅行时经历过很多类似的瞬间和偶遇。”乔治说这话时，似乎他的心受到了洗礼。

妻子陪伴着乔治旅行，两人体味过旅途中的艰苦；平日，他们在北京郊区过着悠闲自在的日子，互相给养，物质并不富足，精神生活却无比丰裕。妻子常帮乔治将家中的食物、花草摆设好，待到光照恰当之时，乔治便开始静物摄影。咖啡豆、意面、番茄、奶酪、鸡蛋、榛子，无一不能被捕捉，无一不能被赋予情感。对于一个摄影师来说，这样的夫唱妇随，大概是长途旅行独自摄影归来后收获的最大温暖。

摄影师过着并不稳定的生活，一个女人愿选择与乔治相守，想必也算灵魂伴侣了，这在繁华的都市，尤为可贵；换了其他女人，定会每天唠叨为什么不外出赚钱养家，更不用提随你浪迹天涯，游历四方。

有位美国朋友，为了躲避妻子的心理操纵与语言暴力，从美国逃到了中国，最后了结了上一段婚姻，娶了一位中国妻子。心理学中有种“煤气灯”（Gaslighting）现象，源自1944年英格丽·褒曼与查尔斯·博耶主演的老电影*Gaslight*中的经典场景。这是一种试图给对方洗脑，改变他人对现实的认知，使其自我怀疑，最终控制他人的一种行为。一个人，不论男女，在一段感情或关系中为了占上风、获得支配权，常有意无意地使用语言与心理暗示使对方不断深陷怀疑自我、怀疑现实的漩涡中；更有甚者，从身体上施虐。这种致命的心理控制，使其中一方受挫，进而完全被对方操纵，纵使对方再无理，也一味顺从。

如果你的同事、朋友或另一半常反复对你说“你怎么这么蠢？！”“你能不能好好动动脑子？！”“你没人要了！”“算了吧，你能养得起我吗？”“你不适合那个工作，还是好好在家带孩子吧！”，还请尽早远离。要知道，过自己的人生，没有任何人有资格对你指手画脚；人活一辈子，不是为了遇见某个人之后，任其摆布。

人们常感到自己活得越来越没有价值，究其原因，这种挫败感并非来自事业失败或外人的质疑，而是来自亲近的人的指责与质疑。事实上，即使是最亲近的人，也没有权利随意在私下或公共场合对一个独立的个体妄下定论。美国心理学家卡尔·罗杰斯说，爱是深深的理解与接受。真正的爱建立在尊重与平等之上，任何以爱为名的打压与踏践，都是谎言。

摄影

“为什么喜欢摄影？”

“其实，我是先喜欢上旅行的，那是在我年纪很小的时候。那时我只有一个很小的相机。但是多年之后我遇见一个女孩，她是位摄影师，来自奥地利维也纳。我们在一起多年，一起旅行，那是我人生中的一段美好时光。”乔治回忆道。

“她教我如何使用相机，如何换镜头，如何调整焦距，后来我买了一部属于自己的相机。从那以后，我从未停止

El Greco

过学习摄影。”

我突然想起美国作家、哲学家梭罗的话：时间决定你会在生命中遇见谁，你的心决定你想要谁出现在你的生命里，而你的行为决定最后谁能留下。

“我喜欢光，喜欢在不同的光线下拍摄。看着太阳投射的光，看着地上的影子，也会改变对自己的理解。光线掠过树叶，从树梢飞走，那是一瞬间的美，像魔术般。”

“你为什么喜欢旅行？受家庭影响？”国外家庭因搬家造成的非主动旅行已是常态。

“我们家里没有人旅行。我生命中第一次离开希腊的旅行是在我十七岁的时候，我去了比利时布鲁塞尔。”

“为什么选择比利时？”

“有个朋友给我看了比利时的一些照片，我很喜欢，决定去看看。从那之后，就一发不可收拾。

“我是希腊人，但我出生在捷克，捷克语是我的母语。直到十六岁，我才离开捷克。我父母相识于捷克，相爱于捷克。我很幸运，自己从小生活在近波兰边境的小镇克尔诺夫，当时镇上只有两万多人。

“我在比利时待了一周，当时是四五月份，仍有些冷，我记得当时坐着巴士在城中游览。”乔治笑了笑，“其实上个世纪，在希腊，我身边很多人只在本国旅行，去海岛，去潜水，但是我一直想去外面的世界看看。那是种说不清的欲望。

“我游遍欧洲国家，又想漂洋过海看看美国，看看亚洲的国家。我不算有钱人，后来与女朋友去了巴厘岛，我意识到，去印尼这些国家要比去意大利、法国便宜。于是，我多次去东南亚和南美洲旅行。

“我不是最好的，但是我一直在学习，在进步。”乔治曾经为Lonely Planet（孤独星球）公司拍摄过照片，到访过中国九座城市。“能边旅行边工作还不错，但因为时间安排比较紧张，工作人员总催促我快点儿拍，所以并不是特别令人享受的旅行。”

“你拍得最好的照片，是在什么状态下拍摄的？”

“是在我独自旅行的时候拍的。”

“有没有遇到过什么特别的状况？”

“青海这座城市很丑陋，但是茶卡盐湖很美。当时，我只能入住一家旅店，其他酒店都不让住。新疆的喀纳斯，有的区域是外国人不能进入的。在火车站，有很多骗子和小偷，这在每个国家都有。”

“现在你以摄影为生？”

“努力中。这样的生活并不稳定。”因此，乔治也做商业摄影，为活动、派对、展览等拍摄。

乔治与妻子感情稳定，想要孩子，但一直未果，他也去看过医生：“让我很惊讶的是，医院有许多年轻的中国男人来看病，很多人压力过大。”

“你觉得中国人与希腊人的不同在哪儿？”

“希腊人更热情些。”

“你喜欢北京的什么？”

“我喜欢胡同，我喜欢大栅栏那片儿。这儿的特别之处在于，你能同时看到一个城市的过去与未来。”

乔治说自己最大的兴趣是生活，比摄影和旅行还要热爱。对于有些人，这就够了，因为物质从来不是他们苦心追寻的东西。

Inko

茵蔻

暗夜之羽

舞者在地板上爬行，妖娆的身段，神秘图腾的文身，薄纱舞起的空气含着潮湿、性感的味道。烛光在昏暗中摇曳着，飘落在茵蔻的发鬓。她抖动着细细的、灵活的腰肢，这样的腰肢让人想一把抓住，这样的腹部让人想在上面弹琴。鼓点节奏或快或慢，身体随之前后左右摇摆，旋转，再旋转。

珠链盘绕着她的身体，随着她的身体移动，似乎受到了身体的感召，发热，发烫，它甩动起来想要逃离，它呼喊着想要挣脱，却被肉身紧紧困住了。红色的欧根纱长裙，扭动出最原始的欲望。

2017年5月的一个傍晚，我穿过MOKA Bros（餐厅）进入后院，看到茵蔻在靠近门口的一顶遮伞下坐着。她化着淡妆，完全不同于舞台上夸张而浓厚的妆容。第一次见茵蔻是在她在东湖别墅俱乐部举办的肚皮舞训练班上。

肚皮舞或许是最性感的舞蹈了，因为它动用了女人最性感的部位。腹部、腰窝的线条，随着肌肉的运动而变幻着，每一次颤抖都在诉说一个故事，仿佛不会跳肚皮舞的女人便永远与性感无缘。

然而，茵蔻一开始学的并不是肚皮舞。2008年8月28日，茵蔻在北京奥运会期间来到中国，她曾在法国学习武术，来华也是为了学习武术。

“我在马赛做过法语老师。事实上，很多人不想让女人学习武术。有一阵子我没有习武，那段时间我很困惑。”

“为什么喜欢中国功夫？”

“这是种高效的、带有哲学色彩的运动，力量强大到可以杀人；同时也是一种艺术，带着仪式感。这是美丽与危险并存的载体。

“我还练习空手道。但中国武术博大精深，内涵丰富，注重细节，是一门精致高雅的艺术。我仍旧为此着迷。”

茵蔻点餐时点了热茶。

“平时也喜欢喝茶？”

她点点头。

“为什么喜欢喝茶？”

“喝茶对身体好，主要是受我男朋友影响，他喜欢喝普洱茶，尤其是在早上。”茵蔻的男友在中国生活了十五年，可以说中文。2008年他们相遇，他对茵蔻一见钟情，那时他们在同一所学校教书。

“跟他认识的那会儿，我还在习武，”茵蔻说道，“但我的师父并没有带我进入武术的圈子，我只是一个人练习，尤感孤单。”

“那为什么还要坚持呢？”

“我有很强的——第六感。”茵蔻来到中国后从零开始学习汉语，她用中文说“第六感”时，自己笑了起来。因为现在用英文教肚皮舞，茵蔻不常用中文，所以有些生疏。

“我能感觉到，功夫就是我所要做的事情。功夫虽然好，但是练习起来很枯燥，不能化妆。”

“真正的运动不是去炫耀，不是去比美，也不是去撩汉子。”我说。

茵蔻点的是菠菜沙拉，她是素食主义者。

“我一直被功夫所吸引，有时我也说不清为什么。”

茵蔻出生于法国，念过军校，毕业后参军。大学时所学的专业是法语文学，曾在普罗旺斯教书。

美式部落肚皮舞

幼时茵蔻就特别喜欢读书、读诗。她也喜欢探索思想与身体之间的关系，因为这样可以更好地了解自己。过去，茵蔻会写写东西；现在，她“写东西”的方式是跳舞。

2010年，茵蔻正式开始学习肚皮舞，这比我想象的时间要晚许多。

“如果你每天都练习一件事情，持续三四个月，不论是语言、厨艺，还是舞蹈、跑步，你都会看到进步，会有惊喜。”茵蔻练习美式部落肚皮舞像之前练习武术一样持之以恒。

茵蔻是国内唯一教授美式部落肚皮舞的外籍老师。

“每次开始做瑜伽之前，我会做二十分钟的冥想，时间不长，但可以平复情绪。

“我越来越清晰地感知到自己的肉体，感知到肉体的平和、灵魂的平和。冥想时，你会感受到肉体与灵魂的联结，不为外部的喧扰影响。我不认为冥想仅仅是肉体与天空、大地的联结；当你冥想时，似乎所有的感官都关闭了，你只是呼吸，整个世界都在你的体内。”

茵蔻在时差空间剧场的“暗夜之羽”演出座无虚席。舞台上，一位着西装的男士手捻纸页，读着诗句，让人仿佛置身于莎翁时代的剧场：那时的演员一律为男性，女性不准登台演戏，戏中的女角均为男性扮演。此刻，黑暗中，茵蔻成熟的女性身体不停地旋转；灯渐亮，背着一双翅膀的茵蔻显现了出来。她的影子在舞台后的幕布上舞蹈着，被拉长。她的手臂肌肉像山峦般，肩部前后左右摆动，臀部抖动着，大腿用力地颤动。

剧场右侧的楼梯上，一队舞者相继旋转而出，茵蔻站在楼梯顶部，手扶围栏，像是朱丽叶斜倚阳台，望着月夜中的罗密欧。

“我不想做太肤浅的事情。”茵蔻一直喜欢东方的运

动，在她看来，这些运动充满魔力。“每次舞蹈之前，我都会做些放松性的准备活动，比如瑜伽、冥想，不然浑身不舒服，无法进入状态。”茵蔻说。

“你现在靠什么谋生？”采访了那么多艺术家，在所有问题中，这或许是最为现实的一个，这也是他们每天都要面对的问题。

“我教法语，但这不会占用我太多时间。每个人都需要钱，但是钱与物质不是我所追求的终极目标。通过我的舞蹈与艺术给人以启发，这才是我的目标。”茵蔻用餐巾拭了下嘴角，抬头看着我。

“如果人们喜欢你的舞蹈，愿意支持，是可以赚钱的。”我说。

“舞蹈是我的奢侈品。我现在没想着从舞蹈中赚钱，做一件事情需要投入，需要热情。如果一心想做商业演出的话，那就是虚假的热爱。如果人们喜欢这个，我又恰巧能赚些钱，便是极好的。”茵蔻说着，我眼前的她像只鸣叫的白鹳，扑扇着翅膀，飞上了炊烟袅袅的小镇屋顶。

“但是我不想免费为人舞蹈，不想廉价地让人们欣赏，这是对舞蹈与艺术的尊重。”茵蔻继续说道。在不同的演出中，茵蔻会亲自准备不同的服装、妆容、配饰、音乐及布景。

“为什么不做工作室？”

“很多朋友建议过，但是我不确定我做了工作室后还能不能专心跳舞。工作室需要运营管理，需要配备团队，我没有那么多精力。”

“你喜欢北京吗？”

“我喜欢北京的国际化和多元化，还有这里的人、这里的文化。在这里，一切都有可能。如果你是一个艺术家，想做些事情，这儿是最理想的环境，”茵蔻说道，“但是我父亲希望我能回欧洲，他很担心这里的空气污染。

“不过有一点我感觉很沮丧：这里的人不放过任何一个机会，互相利用。我看到许多年轻人，大学毕业后就只知道赚钱，而不是去做自己喜爱的事情。我不想多做评论，我只是觉得很可惜。”

茵蔻的服装道具或是异域风情的胸衣、喇叭长裤，或是纱网、翎羽；她的舞蹈风格时而性感火热，时而散发着哥特式的暗黑。这样的舞蹈像是毒药，稍一嗅就中了毒，而会这样舞蹈的女人，似乎更是致命的。观赏了一晚上茵蔻的舞蹈后，我在梦中似乎也能看到她在一片草场中舞动。

“我想说，每件你做的事情都会产生影响，当下可能没有，但是未来肯定会见成效。我已经做同一件事情很多年了，不要害怕从零开始，渐渐地，周围的人会更加理解

你，理解你做的事情，他们还会支持你。

“我对金钱、对赚钱没有偏见，只是人们太盲目了。中国人幸福吗？”

我摇摇头，或许代表不幸福，或许代表不知道，毕竟，我只生活在自己的小圈子里，旁人的真实生活状态，我又了解多少呢？

“很多中国人很在意生财的风水，比如办公室的摆设，比如房间的装饰。”茵蔻知道一些关于风水的事情，比如空间与能量之间的平衡。

“你信风水吗？”

“我很信。”茵蔻说，“它会对你的思想与肉体产生影响，你会很快感受到你所处的环境是否与你相生，比如在哪面墙上布置红色的装饰对自己更有利。”

“你会这样安排你的房间吗？”

“会。”她笑着说。

“你觉得这些会对你的生活产生影响吗？”

“很多人对此半信半疑，我认为这也是一种指引。其实学武术时、编排舞蹈演出时，”茵蔻呷一口茶，“我就是被指引的。”

“指引？”

“我脑海里总有一个声音、一个图像，我可以听到，可以看到。它们会指引我；不是我在创造，而是这些东西等待着我去发现。”

“你第一次登台演出是什么时候？”

“在北京第一次登台是在我们的一个小圈子里，圈里都是有时间和闲钱的富太太，她们在生活中有许多困惑，转而借由舞蹈寻求安慰。但那并不是特别愉快的经历。她们平时没有努力排练，演出呈现效果也不好。后来我成立了自己的舞团，演出很成功。容纳一百人的场地，最后到场了一百五十多人。”茵蔻笑着说道。她喜欢舞蹈，喜欢通过教学进行分享，并已在北京大大小小的酒吧、剧场表演过。

“你的目标是什么？”

“成为一名杰出的舞者，”茵蔻说道，“这是唯一一件能让我开心的事情。”

“你跳肚皮舞差不多有七年了。”

“是啊，没想到时间过得这么快。如果你对某件事上瘾，就不会意识到时间的流逝。如果你喜欢什么东西，就一定要疯狂起来。每个逐梦的人必须经历独自奋斗的阶段，如果坚持下去，一切都会好起来。聆听内心的声音，遵从自己的心，做一个简单的人。”茵蔻说道。

“你有中文名字吗？”

“下雪的‘雪’，水晶的‘晶’。”

雪晶，是茵蔻的中文名字，她很喜欢。话语间，茵蔻的笑容如日光隐匿于绿波之中。

Paul James

保罗

电台情歌

“在电台工作，我的生活不规律，不够健康。”保罗最喜欢在Plan B酒馆点金酒，一杯接一杯地喝下去。

见保罗的时候，是2017年3月。白天，阳光惨淡，坐在酒馆外的人寥寥；夜晚，酒馆内是暖的、嘈杂的，坐在吧台喝一杯金酒后，会特别想含一口甜腻的草莓冰淇淋。

保罗曾生活在加拿大萨斯喀彻温省布罗德维尤的郊区小镇，来到北京后住在胡同的四合院里。

“我家里有地暖，公厕也还可以，就是没有地方购物。”还没等我细数胡同生活的不便，保罗便说道。“电台在八宝山，乘地铁到我所居住的天安门东很方便。我的房东人很好。”

很多学习英文的人或许对保罗·詹姆斯（Paul James）闻所未闻，但若提及中国国际广播电台（CRI）轻松调频，一定很熟悉。其实，保罗便是轻松调频的主持人。

“为什么选择在胡同居住？”

“我跟朋友曾在朝阳门租房子住，价格便宜，但居住环境不怎么样。我很想离开那儿，正好有朋友住在四合院，我便随着去胡同住了。”

此前，保罗已对自己供职于加拿大英属哥伦比亚广播电台的生活感到厌倦，希望寻求新的生活，便于2005年夏天来到中国，先后在《专家论坛》（*People in the Know*）、

《新闻纵贯线》（*The Beijing Hour*）节目做主持人和主播。

“我的生活没什么太多激情，很平淡。”保罗说。他对北京印象最深的是这里的朋友、空气污染，还有那种如回到故里般的感觉。

“来北京多久了？”

“十二年。”保罗笑着说。

我抬头打量着他，他翘翘眉毛说：“我四十岁了。”

虽然保罗平时披星戴月，早出晚归，但他的脸上看不出四十岁的痕迹，笑起来时有酒窝。

“你有中文名字吗？”保罗来中国十二年，能说一点儿不地道的中文。

“小保，”保罗说道，“保安的‘保’。”

“个子高，长得丑。”在保罗身旁坐着的尚恩笑着说。保罗与尚恩认识了二十多年，每次在Plan B酒馆，看到保罗，就会看到尚恩。谈到过去的趣事时，尚恩会在一旁补充。

这时，保罗从口袋里拿出来一沓便笺纸，边用中文念叨着，边试图在便笺纸上写下我的名字，一笔一画地像个小学生。

“我从来没有想过，会在另外一个地方生活，温哥华算是我的家，北京也是我的家。家是你用双手创造的，你的朋友在这儿，你爱的人在这儿。”

保罗去过上海、广州、深圳，2011年到访过日喀则，对他来说，北京是最有意思的一个城市。

电台情歌

“我和尚恩读了专门学习广播的学校。”保罗转头看了一眼尚恩，“尚恩不知道自己以后要做什么。”

“大学，感觉太扯淡。”保罗说。

“说来听听。”

“大学的课程很无聊，老师也教不了多少东西，”保罗一口金酒下肚，转头看着我的眼睛，“我基本上是自学成才，是不，尚恩？”

“对，自学成才。”尚恩在一旁笑着说道。

因朋友引荐，保罗在中国的广播生涯始于中国国际广播电台。身为广播电台的一员并不易，但他享受着多元文化的工作环境。

“我感觉像是在联合国工作，国际广播电台用四十二种语言播报，你在休息时间撞见的每个主持人都可能说着不同国家的语言。”保罗笑着说道。

作为英文频道团队的一员，保罗相对轻松，与来自加拿大的主持人共事时，保罗常开玩笑：“CRI可以是Canadian

Radio International（加拿大国际广播电台）。”

做节目不易，保罗过去在《专家论坛》时每天虽然只有半小时的节目，但他既是主持人，又是记者。

“我不在乎这些，我感觉挺适应的。事实上，我在加拿大电台工作时，每天的工作时间更长，常常一天工作十到十二小时。”当时，保罗的节目中的受访人来自世界各地，保罗经常在半夜打越洋电话。面对超负荷的工作量，他没有一丝抱怨。

“我很喜欢与世界各地的专家学者们讨论时政。中国不像是西方媒体描绘的那样，”保罗来到中国后，他的所见所闻打破了长久以来他对中国的刻板印象，“我很享受这儿的生活，喜欢这儿的人、多元文化和传统习俗。很多矛盾冲突是由于缺乏沟通与理解造成的。如果给予外国记者更多空间，以增进彼此的了解，或许会好些。”

“最头疼的是有的新闻稿看起来像是广告。”尚恩说道。

“是像广告，给品牌打的广告，”保罗拍了拍额头说道，“我尽量会把稿子改得像是一篇新闻稿。我很喜欢我的工作，有时候我挺想改变电台的现状的。”

“你播音时是什么状态？”

“Welcome to *The Beijing Hour*（欢迎收听《新闻纵贯线》），”保罗的声音充满激情，抑扬顿挫，“我可以任意切换不同声音，我的身体中像是有个开关，可以随时打开、关上。”

神奇的酒馆

中途，保罗去酒馆外吸烟，尚恩和我聊了起来。

尚恩对中国电影较为关注，喜欢周星驰导演的《美人鱼》。

“我看的上一部电影是《泰囧》，在王府井的一家影院看的。”保罗从酒馆外走了进来，将高脚椅往后拖了拖，坐在我与尚恩之间说道。

“没有中文字幕。”保罗补充道。

“你喜欢吗？”我问。

“挺好玩儿。中式幽默跟美国式幽默很不一样。中国电影市场越来越大，电影公司越来越多，但是影片质量一般。

“电影技术是提高了，但是讲故事的能力还不够。谁还想一遍遍看成龙的老式动作喜剧电影？如果电影人开始讲述普通人的生活故事，关于中国的真正的故事，电影质量会高很多。”

“说到这儿，我真的要抱怨一下中国的电视剧，”尚恩说，“打开电视，要么是抗战剧，要么是宫廷剧。”

“如果有像《老友记》这样的电视剧也好。”保罗说。

“我的中国女友特别喜欢看韩剧，家庭剧。”尚恩说这话时，拍了拍额头，一脸无奈。

“韩剧比中国电视剧也好不了多少。”保罗说。

听着保罗与尚恩的对话，我分辨着他们的声音。在电台节目中，保罗的声音充满激情，他的声音或许曾经伴你醒来、伴你入睡，从夏到冬。

“如果有一天我离开这个城市，北京依然永远是我的家。”保罗说。

“你一周有多少天待在Plan B？”

“我每天都会来看看，喝杯酒。这里更像是跟一帮朋友定期聚会的地方。”

“明天你会来吗？”

“明晚是‘飞镖之夜’。”

“我们有两队人一起玩儿，每队差不多六个人。”尚恩补充道。

此刻，酒馆老板特雷弗悄无声息地走了过来，坐在我右边的高脚木椅上，听保罗讲述自己的故事。默契，饮酒，讲述，特雷弗的故事就这么猝不及防地呈现在我面前。

“2005年9月，在三里屯一带。我们正往一家酒吧里走，一个女人出现了，我们便一起聊天。后来特雷弗要进酒吧，一不留神脸朝下摔倒在地。”保罗说。

“我绊了一跤，以为她看到了，但其实她没有看到，”特雷弗接着保罗的话往下说，眼睛一直盯着保罗，“我在酒吧里坐了一会儿，想到外面去，但一想我刚刚摔倒的窘相，就犹豫了。但我还是出去了，她仍在那儿，于是我们聊了起来，我要了她的电话。”

“为什么要她的电话？”我笑了笑。

“她看上去光彩照人，一口流利的英文。”

“之后呢？”

“我们开始约会，后来就结婚了。在一起七年，结婚五年。”特雷弗微微泛红的脸颊像秋天结出的果实。

“婚后生活怎么样？”

“某一段时间是好的，我们相互理解，但是没有走到最后。”

“什么原因呢？”

“婚姻就是这样，如果它开始变糟，会越来越糟，”特雷弗说，“我们离婚时我问她，你确定这是你想要的？她说是的。我说你会后悔的。现在，她的确想跟我复婚了。”

“她现在多大了？”

“四十七岁。”

“四十七？”保罗似是在问，似是自言自语，“保养得不错。”

“我还是很喜欢她的。但我们不会在一起了。”

保罗没有说话，举杯，将杯中所剩的金酒饮尽。侍应看了看他，他点点头，侍应又倒了一杯。

“我在酒馆再晃悠晃悠，差不多11点钟走。”特雷弗拍拍保罗的肩膀，起身去了酒馆里屋。

随着酒馆里人的增多，我的注意力常被旁座人的对话所吸引。有时候，我会直起身子，环视一周，看着金发碧眼的外国人们说着不同的语言，我仿佛变成一个被放置在桌面的录音机，将要录下这里所有的声音；而我的心被触动的那一刻，就是我想要破冰冷的机器而出，由物幻化为人的时候。人间的美好，没有了温度和怦然心动，又怎能体会呢？

“这是个神奇的酒馆。”保罗说。

在这儿，我们可以不用想，可以不用悲伤，我们肆无忌惮地讲笑话，我们看着黑夜出没，我们面对记忆嘶吼。

“我跟我女朋友也是在这里认识的。不，准确地说，是前女友。”

“中国人？”

“来自江苏。”保罗点点头。保罗喜欢跟电台、新闻相关的东西，也不排斥女友喜欢时尚和奢侈品。

“不想回加拿大吗？”

“我在这儿待着很舒服，不太想回去。但作为一名外国记者，在这里确实是越来越难找工作了。”

酒馆的门开了，一阵风拂过我的面颊，一个穿着飞行员式夹克的金发男人踏着轻盈的步子走了进来。他将卡其色围巾解下挂在衣架上，拉开夹克的拉链，斜倚着吧台，向侍应要了一杯朗姆酒。

朗姆酒在手，金发男人朝保罗举杯，保罗眨了眨眼，两人相视一笑，各自饮酒。

这个周末，保罗要跟一帮朋友去济南游玩。

Walter Antonio McDaniel

华特

只有我自己才能定义我是谁

有这么一个男人，他喜欢黑色，他平日喜着黑衣：夏日黑色T恤，冬季黑色呢子大衣，秋季黑色连帽卫衣，春季黑色高领毛衣；有这么一个男人，他喜欢黑色，他的皮肤是黑色的，他创立的品牌主色调是黑色，他办公室的装潢也是黑色；有这么一个男人，他喜欢黑色，每次我见他，他都着黑衣，采访那天也不例外。

2016年9月23日我第一次见这个男人时，他穿着黑色的长袖衫，彼时的北京已有凉意，那天我也穿着一身黑——黑色长衫，黑色牛仔裤，黑色靴子。那是一次非正式的商务会议，会议持续了一个多小时。

这个男人，曾如一道黑色的闪电，在十九岁时加入漫威，不久之后，成为《死锁》的主画师，一画就是八九个月。后来他坦言，这对一个只有十九岁的孩子来说压力很大。

这个男人，曾是漫威、DC及Image漫画公司的主画师和形象设计师，参与了《美国队长》《X战警》《蜘蛛侠》《死侍》《金刚狼》《幽灵骑士》《惩罚者》《蝙蝠侠》等作品的创作。

当问到最喜欢的漫威角色时，华特的回答有些出乎我的意料——“金刚狼。因为这家伙是个真性情的反英雄角色，行事直截了当又有自己的坚持，具有创业者的开拓精神。”

英雄西游

“我们要把《英雄西游》做成国际化的故事，让它讲全世界都能看懂的故事，不管观众是否知道孙悟空的故事。我们要让那些不知道孙悟空的人看过这部动画后，能获得共鸣。其实在中国，很多人没有看过《西游记》这本书，也不是所有人都知道孙悟空的所有事情。”他笑了起来。

华特的办公桌几乎没有一丝空余的地方，但出奇地整齐。敞开的画册上是华特的涂鸦，黄色记事本上摆放着黑色的方盒子，笔记本电脑工整地对齐桌沿，黑白色画稿的边角已泛黄，飞利浦电动牙刷立在台历前。

很少有人会在办公室备着牙刷，但华特的办公室不仅有牙刷，还有一间他的专属浴室。因为他经常加班到半夜，有时周末与朋友外出饮酒言欢后，仍要回公司工作。工作到很晚也就不回家了，所以华特在公司还有自己的床。

“那段时间，我每天会见很多人，有些人会跟我说：‘不对，猪八戒不是这样的，沙僧不能那样做。’”他摇摇头说道。

“比如有人说，唐僧给了孙悟空‘美猴王’的称号，”华特抑扬顿挫地模仿道，“我看着他说，不是，唐僧没有给孙悟空起名号。事实上，孙悟空是自封为美猴王的。”

“没有给孙悟空起一个英文名吗？”我问道。

“我们会选择尊重原著，因为孙悟空是一个很具代表性的角色，尤其是对于那些没有看过《西游记》的人，这可以让他们了解最原汁原味的中国文化。”华特说道。

“你知道‘悟空’和‘八戒’的名字是什么意思吗？”我问。

华特停顿了一下，说：“我知道悟空是一个神通广大的天产石猴，不知道这跟名字是否有联系。”

“‘悟’是觉悟，‘空’是虚空。‘空’是佛法中一个最根本的哲学概念，不是我们能用眼睛看到的虚和空。《西游记》中猪刚鬣受了菩萨戒行，断了五荤三厌，唐僧因此给他起了别号‘八戒’。八戒全称“八斋戒”，是佛教为在家的男女教徒制定的八项戒条，其中包括不杀生，不偷盗，不淫欲，不妄语，不饮酒，不眠坐华丽之床，不打扮及观听歌舞，正午过后不食。”

“这些是我没有做过调研的。”华特的眼睛放着亮光。

“其实《西游记》里很多角色的名字都有独特的含义。”我说。

“沙僧，英文叫他‘Sand Monk’，由来是什么？”

“他原是天庭中的卷帘大将，失手打碎琉璃盏后被贬

英雄西游
A Hero's Journey To The West
2019

下凡，盘踞在流沙河。流沙河英文可译为‘The River of Sand’。”我说。

“那唐僧呢？”华特眼含笑意。

“他本名是陈玄奘。唐姓是国姓，是他跟唐朝皇帝唐太宗结为异姓兄弟的时候赐给他的姓。”我说。

“所以，‘唐僧’的意思是唐朝的僧人，”华特笑着说，“挺好理解。我喜欢学些新东西，以后我也可以给我的朋友讲了。”

“你最喜欢哪个角色？”

“好难选择。每个人对这些角色都有不同的解读。《西游记》里的主角们是动物，但会说话，会思考，有小聪明。有时候不禁会想，如果这些角色是真的人，那会是什么样子？比如孙悟空从石头缝里蹦出来，他常说自己不是猴子。他生活在花果山，与动物相伴，对于西方文化，他就像人猿泰山，但是《西游记》的诞生比《人猿泰山》早太多。如果作为人，他或许会思考‘我是谁，我的存在有何意义，我要往哪里去？’。”

“对于这本书诞生的背景，你了解吗？”

“《西游记》虽是一本神怪小说，但是有其政治隐喻，”华特说道，“我们将它看作一部经典小说。”

如果说《英雄西游》是华特的中国梦，那么《星际大飙客》就是华特自幼时就在构建的一个梦。

“这是一部以星际冒险为主题的原创漫画作品，星际大飙客在太空被一群机器人小丑统治，这里的人们生活在一个叫‘Spacebook’的匿名社交网络里。”这正应了当下匿名社交的大潮流，也显示了他的前瞻性。

“《星际大飙客》的漫画与手游同步发布。玩家们可以在社交网络上跟好友角逐名次，当他们达到某个级别时，自己的角色就可以出现在后续的剧情中，他们开创的新玩法也可能被剧情采用。这是漫威、DC及迪士尼都没开始做的事。新技术总会带来IP的新形态。”华特说道。

“这是谁画的？”我看着华特身后的墙上贴着的涂鸦，问道。

“我儿子。”华特眼神中满是自豪。

“你觉得他有没有遗传你的艺术天赋？”

“他确实喜欢艺术，”华特抚摸着涂鸦，笑着说道，“天赋嘛，看他造化了。”

英雄不问出身

“我出生在纽约哈勒姆——最糟糕、最混乱的地区，”

华特看着我的眼睛说道，“但那里也是艺术繁荣的地方。”

华特的话不假，哈勒姆是全美犯罪率最高的街区之一，几乎每天都会发生抢劫、贩毒和枪杀案。居高不下的犯罪率导致这里房租低廉，是众多自命才情满腹而不得志的艺术家的理想居住地。

“是啊，在历史上，在上世纪70年代，我出生的年代，”华特笑着说，“那里充满了罪恶，是不太安全的成长环境。我不是含着金汤匙出生的人，囿于那种环境，我要努力活出自己的样子，过一种我想过的生活。”他收起笑容，看着我说。只有经历了炼狱，才可以发出如此铿锵有力的声音。

“以前有人问我为什么我的皮肤看起来比别人黑。”华特笑着说，“我不是外星人。如果你懂点儿科学，就会知道人的皮肤中有种黑色素（melanin），黑色素的含量和形态决定了肤色的深浅。而黑种人黑色素颗粒最大，呈棕色、棕黑或黑色。黑皮肤不代表我们有什么超能力。”

“可能真的有——”我开玩笑道，“超能力。”我们一同说出。

“你有没有因为自己的黑皮肤而遭到不公平对待？”我看着他的眼睛，华特没有回避，也没有躲闪我的目光。

“当然有，会有人看不起我们。之前有过种族隔离、种族歧视，现在已经有了改观，人们很少会再为此生事。”华特的眼神似平静湖面中闪着点点太阳光，没有愤恨也没有悲戚。或许越有故事的人越沉静简单，越肤浅单薄的人越浮躁不安，而每个人的强大都是在遭受持续的挫折后形成的。

我在想，这个男人这么热爱黑色，是因为他自己本身就是黑皮肤吗？是因为他从未因自己是黑皮肤而感到羞耻，甚至会因此而骄傲？还是因为黑色神秘、静寂、威严，抑或性感？

“小时候打过架吗？”我问。

“现在不打了，”他大笑，“也是从那时候我开始明白，我不能让出生的环境来定义我自己，不能让那时的困境定义我是谁，只有我自己才能定义——”

“我是谁。”我们又一次一同说出。

“我母亲五天前刚去世。”华特说道。

“你没有回国吗？”

“要回。采访结束后，我就要飞回美国。母亲八十岁了，今年春节我刚探望过她，我带着我的儿女回去见她，她很开心。

“我母亲是护士，父亲是电力工程师，我在家排行老七，父母大半辈子为生计奔波，生活没有那么容易。而且父母是反对我做艺术的，因为他们觉得我不务正业。”

“传统父母还是希望子女从事律师、医生等行业。”我说道。

他点点头，继续道：“我其实是个叛逆的人，认定的事绝不放弃，越是反对，我越是要证明我可以做好。

“十四五岁时我白天学习，业余时间都用来画画，一画就不顾晨昏。我十六岁时进入普罗米修斯广告公司实习，后来在一家小公司工作过一段时间。直到十九岁时我可以独立承担大学学费，我父母才不再抱怨。”

“其实或许他们也想支持你，但是爱莫能助。你父母是什么时候到美国的？”

“他们上世纪50年代到美国，居住在距离波多黎各很近的城市，这就是为什么我的名字中会有‘Antonio’，因为我们也讲西班牙语。我们总能从不同文化中学到新东西。我们在美国时经常吃川菜、湖南菜，它们在美国很受欢迎。”

东游记

“我在美国纽约有家做设计的公司，后来在香港开了公司。中国文化与哲学观是讲故事的精髓，对于艺术家很重要。如果你要做艺术，就需要发声，需要表达自己的立场。在美国，很多人没有意识到自己的生活受多元化文化的影响有多深。有一段时间，美国兴起了学习中国功夫的热潮。”

“在你踏上中国这片土地前，你对中国有什么印象？”

“说来你不一定信，我对中国持开放的态度。但是我有挺多朋友跟我说，你不要去，那儿的人会把你的器官拿走，在黑市上卖，太危险了。”他笑了，“我在中国时，有美国朋友问我‘你在那儿有电吗？’‘大街上是不是都是衣衫褴褛的穷人？’诸如此类的问题。我会反问：‘你是看了上世纪40年代的电影吗？’文化与文化之间还是有壁垒、隔阂的。”

“为什么要选择中国？”

“中国是培植多元文化与IP的沃土。我希望未来能做出更多国际化的、跨文化的作品。漫威、迪士尼，他们都有了自己的超级IP，但是我有自己想要表达的东西，有自己的哲学观要诠释，希望在未来能一一实现。”

“最成功的花木兰题材的影视动画作品是迪士尼制作的。”我说道，“中国文化面临的尴尬境地是，诸多知名的文化故事是由西方人拍出来的。”

“能否讲好一个故事不是由‘你来自哪里’决定的，”

华特说，他的语气沉了下来，“任何一个国家、任何文化背景的人都可以讲好一个故事——只要故事是可以引发共鸣的、打动人心的，就可以让人铭记。”

“《花木兰》是中国的经典故事。它不仅在中国受欢迎，在法国、德国、意大利等很多国家都很受欢迎。”

“你是指电影还是这个故事？”

“电影。”华特继续说道，“这就是我想说的，为什么一个生发在东方文明古国的故事可以在全世界这么受欢迎——因为这个故事的内核及精神，比如如何定义一个人的身份，这是能让全世界人产生共鸣的话题。为什么《冰雪奇缘》在中国、在其他国家能这么受欢迎？因为它里面的人物映射到我们自己身上，让我们感同身受。我们做《英雄西游》，塑造里面的角色，不仅仅是娱乐大众，也要让人们产生共鸣、反思自身。”

“现在业内有许多中国公司打着‘让中国文化走出去’的口号，深挖中国文化，而你作为一个外国人，为什么要做这样一件事？”

“我并不完全了解中国文化，但是你旅行得越多，见得越多，经历得越多，就有越深的体会，越能融合不同的文化，制作出国际化的、让不同文化背景的人获得身份认同的作品。”他继续说道，“这其实对很多电影人来说是欠缺的，如果认为只有诞生于此的人才能理解本国的文化，这是很短视的。”

“你平时看中国电影吗？”

“太多了。我看的第一部中国电影是周星驰导演的。他导演过《功夫》《美人鱼》。

“他还演过一些孙悟空题材的电影，”华特笑着说，“我还看过他的《长江七号》。

“我很喜欢他导的戏，在我看来，他具有我常说的那种放之四海而皆准的吸引力。他的无厘头，他传递的内核，可以让很多人获得身份认同感。”

“你怎么看待目前中国的电影市场？”

“令我感到欣慰的是，现在很多中国电影人喜欢电影，他们制作电影，不仅仅是为了赚钱，他们想做出好的作品，想要在作品中发声，传达己见。制片人、演员、动画师等，不论他们在整个产业中处在什么位置，每个工种都有自己的表现形式，他们以各自的形式传达着他们想要传达的信息。”

“有人说，如果不拍商业片，就赚不来钱，你怎么看？”

“我听过太多人这样说了，我并不认同。”华特翘了翘眉毛，“你知道有些人因为玩游戏而发家致富吗？不是开发游戏，是玩游戏。如果你专注于自己喜欢的、擅长的事情，而不是专注于赚钱本身，你就可以赚钱。因为财富来源于你做好一件事，如果你做好了，就会有人付钱让你做。如果有人付钱让你做，你就可以赚钱。如果你做不好事情，就不会有人给你钱。如果你只是一门心思想着怎么赚钱，想着做这个赚钱还是做那个赚钱，你就赚不到钱。”华特说着，笑了起来。

“而且，我们都需要有国际化的视野，不妄下论断。我来中国，身处其中，才意识到外界对中国有很多误会。很多事情只有亲自体验了，才能知道到底是什么样的。我在中国吃的面条跟在美国吃的不同，也和意大利的不同，但它们都叫面条。”

“你认为中国可以创作出像漫威英雄那样的形象吗？”

华特摇摇头，笑着说道：“不要被漫威影响，有很多中国人为漫威工作，中国当然可以做到。这也是我想说的，迪士尼之所以是一个伟大的公司，不是因为它是纯粹的‘美国制造’，而是因为他们不惧怕与来自意大利、夏威夷甚至是索马里的人才合作。他们不在乎你是不是出生于美国，是白人还是黑人，他们在乎的是你是否是这份工作的最佳人选。

“我将赤龙世漫定位成一家国际化的中国动漫公司，所以，在中国做一家国际化的动画公司，也要秉承这个理念，用合适的人，充分讲好一个故事。有人说中国人很擅长抄袭，我经常开的一个玩笑是，意大利人管面条叫‘意大利面’，而它对我来说就是面条，这难道不是从亚洲抄袭过去的吗？

“人与人之间互相影响，文化与文化之间互相影响。如果你是搞艺术的、搞创意的，就要让自己置身于整个世界，这很重要。如果你只看一面，这个世界的多面性、多元化内容就会被忽略；如果你的创意仅仅来源于一个方面，就很难与致力于多元化创新的人匹敌。再打个比方，如果我是一个建筑设计师，我不应该只看法国建筑，还要研究埃及、中国等国家的建筑风格，由此形成自己的风格。“星球大战”大概是最有名的电影系列，乔治·卢卡斯也表示自己受到了东方文化及哲学的影响。”

华特是个有着强烈风格的艺术家及管理者，也是个随性的美国大男孩。2017年冬天，凯瑟琳法式沙龙的十周年庆祝酒会结束后，我们一行人去魅吧（酒吧），恰巧遇见华特。他随着音乐慢慢晃动着身体，手里拿着酒杯，处在人群边缘，一边附和着音乐哼着小调，一边远远地看着耳语交谈中的人们，看着杯盏交错，看着摇晃的人群，喧闹的日子在流光中逝去。

“一个人吗？”我问道。

华特点点头，说道：“待会儿还要回公司处理些事情。”

“每次来魅吧都是这么热闹。”音乐很响，我不禁提高了音量。

“我也准备在公司装修出一个酒吧。”华特歪着脑袋凑过来说道。

“很难想象。”我说。

“到时候你就知道了。”华特笑着说道。

采访时是2018年3月11日，天寒。这天虽是周末，公司仍有员工在工作。不论他们来自西班牙还是美国，是华特将他们聚集在一起，让大家做同一个梦。

华特带我们来到五楼，电梯上行，门开，我们像是来到了另外一个世界，玻璃房中，暖阳将窗格的影子丢在地上。玻璃门开，冬日寒气来袭，天空灰蒙蒙的。

华特带我们参观了公司的每一个角落。其中有一间办公室，四面墙上贴满了《英雄西游》中的场景图，画面或是远山落日与宫阙，或是古木亭台楼榭。

“这些图是在原地采集到的素材照片的基础上做成的。”华特背对着我，挥舞着手臂向我解释着。

这是我认识华特以来，第一次觉得，他身着黑色的衣服，却能发出斑斓的光。